淡々と言葉で人

淡々と考えを伝える

淡々と人世を往来する。

藤本義一

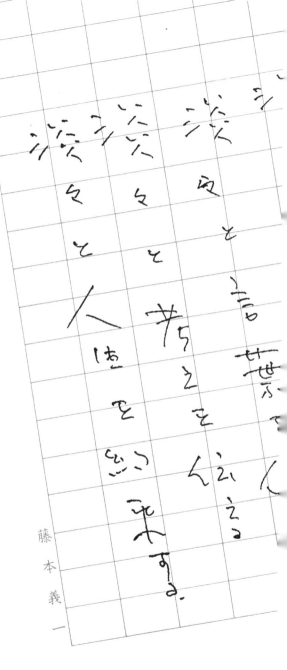

第5回　藤本義一文学賞

風

風姿花伝

目次

第5回　藤本義一文学賞　受賞作

最優秀賞

優秀賞

特別賞

カバーの手の絵は藤本義一作

第5回　藤本義一文学賞　受賞作

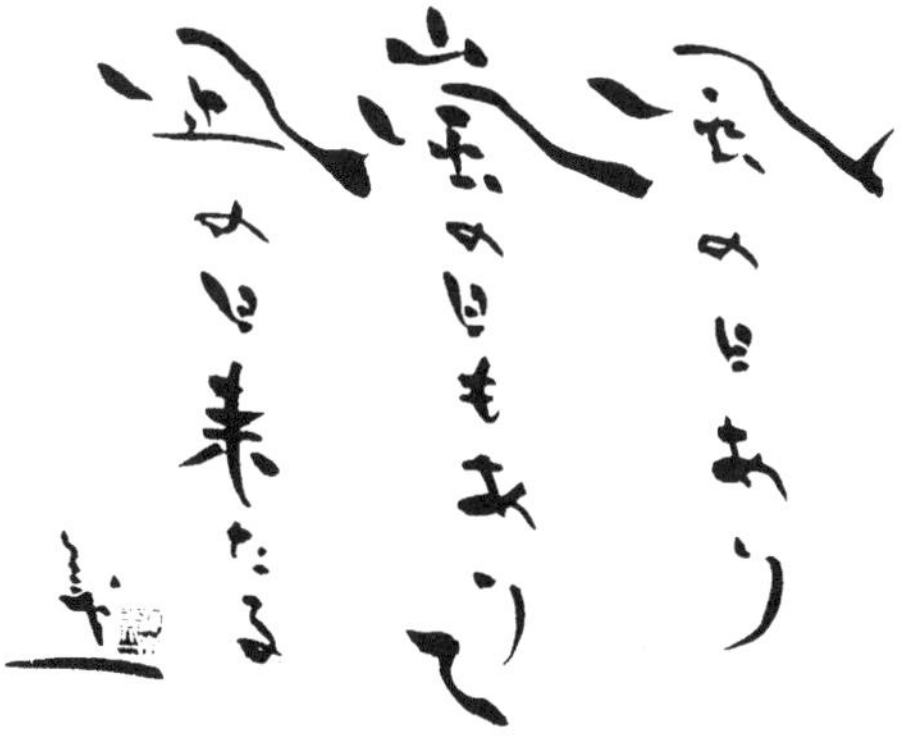

最優秀賞

海ホオズキ

三島　麻緒

みしま　あさお　70代

夏休みにはいってしばらくしてから、終日雨が降りはじめた。今日も浮かんでいた海星形《ひとで》の雲が、いつの間にか雨をふくんだ暗い雲になり、やがて雨が落ちてきた。母の実家に出かけるのは、しばらく先になりそうだった。

タケやんのところに行こう—章《あきら》は母に内緒で番傘を取り出し、外に飛び出した。紙に油をひいただけの番傘は、激しい雨脚にバラバラと音をたてた。村の誰もが、竹三《たけぞう》のことをタケやんと呼んでいた。村の者が駄屋《だや》といっている小屋に、竹三は牛と一緒に住んでいた。章は傘をさしたまま、薄暗い土間に飛び込んだ。タケやんは所在なげに筵《むしろ》の上にすわっていた。

「おう、章か」

「よう降るなあ」

「しようない。ええモンでも作ったろ」

タケやんは、大儀《たいぎ》そうに立ち上がると、流しにむかった。そして、鍋を取り出すと水をいれ、水瓶の横にあった小壺から砂糖をひとつかみ、鍋の中に放りこんだ。七輪《しちりん》に古新聞を破いていれ、その上に消し炭のかたまりをいくつかのせると、火をつけた。

「まあ、見とき」

タケやんは、ゆっくりと箸でかき混ぜている。中身がだんだん、べっこう色になってきた。

「もうええやろ」

タケやんは酢を少し入れ、混ぜおわると、割箸を鍋の中に突っ込んだ。

「べっこう飴のできあがりや。もうちょっと待たんと、口のなか火傷《やけど》するで」

タケやんの家には何度も遊びにきたが、こんな飴を作るのを見たのは初めてだった。

「戦争から帰って、いろんなことしたな。飴つくって売っとったこともあったんや。さあ、もうええ頃やろ」

タケやんは、割り箸の先に巻き付けたべっこう飴を三本、章に差し出した。

「舐めてみ。うまいで」

そういうとタケやんは、内の一本を口の中にいれた。

「どないや」

「甘いなあ、これ」

戦争が終わって引き揚げてきたタケやんは、それ以来結婚もせず、独り暮らしだった。

章は、一度村の寺の春祭で、酔ったタケやんが器用に皿回しをしているのを見たことがある。足元には、何枚かの割れた皿が転がっていた。

「そうか、わしの皿回しをみてたんか」

タケやんはそんな時、いつも嬉しそうにうなずいている。お十五日《じゅうごんち》といって、春になった四月の寺縁日は特別で、沿道には十軒ばかりの屋台がでた。その屋台がときれた広場で、タケやんが皿を回していたのである。タケやんは、何も売っていなかった。手に棒切れと、足元に数枚の白い皿が置いてあるだけである。

人が集まってくると、タケやんは常夜灯のうしろに隠していた焼酎をとりだして景気づけに一口ふくむと、棒の上に皿の高台《こうだい》をのせた。タケやんの表情が、一瞬厳しくなった。

ーえい、タケやんは気合いをかけると、左手で皿の縁を回した。うまくいったか、タケやんは懸命に棒をまわしている。まばらな、拍手が聞こえてきた。だが、いつの間にか回っていた皿がよろけはじめると、タケやんの頭上に落ちてきた。受け損ねた皿は、足元に落ちて派手な音をたてて割れた。

今度は、いっせいに笑い声がわき起こった。ータケやん、飲まんとやらな、そういったのは、村の若者だった。タケやんは顔を真っ赤にして回そうとするのだが、あせればあせるほど、皿は弱法師《よろぼし》のように大きく左右に揺れた。

「皿回しか。ずいぶん昔の話や」

「どこぞで、習うたんか」

「軍隊でな。中国では、あっちゃこっちゃ行かせてもろた」

皿回しの話がすむと、次はいつも軍隊時代の話をした。章が行くたび、すこしずつ話が違った。その日もべっこう飴をしゃぶりながら、干し藁《わら》の上に座って話を聞いた。

「わしが、金鵄《きんし》勲章をもろた話は、もうしたか」

「ちょっとだけ」

「よっしゃ。今日はすこしくわしくその話、聞かせたる」

それは、タケやんの部隊が、中国の華北で討伐作戦に参加した時のことであった。日が暮れて野営になった。その日、タケやんは夜ふけてから明け方まで、不寝番の歩哨に立った。

「章。おまえ、おてんとさんから降ってくるような星、見たことないやろ」

「ある」

「手ェのばしたら、両手ですくえるような星やぞ」

「—」

「ないやろな。その晩は、めずらしく気持ちのええ夜やった。こんなええ夜は、敵さんも星みてるはずや」

タケやんはその夜、部隊が寝静まった頃合いをみて、クリークの近くまで行き、そこで寝そべって夜空を見上げていた。

「別にな、星は見とうもなかったんやが、見とるうちに寝てしもたんや」

「歩哨《ほしょう》が、そんなことでええんかいな」

章は前にこの話を聞いた時、歩哨の役割を教えられていた。

「まあ、そう責めなや。毎日、朝から晩まで歩くんやで。するとやな、耳元でざわざわと水をかき分ける音がしてきたー」

「敵や」

「そや。敵さんが、クリークを渡ってくる音や」

「わしはすぐにとび起きて、敵襲、敵襲と叫びながら、部隊にむかって走った」

「それで、金鵄勲章もらったんや」

「そら、恐かった。いつ背中から撃たれへんか、無我夢中やった」

以前聞かされた話は、そうではなかった。タケやんは、クリークで寝そべって星を見上げたりはしていなかった。部隊が野営をしているすぐ近くで、きちんと起きて歩哨に立っていたのである。

その日、タケやんはよほど機嫌がよかったのか、詰め将棋の話もしてくれた。それは、タケやんが戦後香具師をしていたころの話である。章は小学校の二年の時、このタケやんに将棋を教わったのだ。

「待てよ。たしかまだ、将棋盤があったはずやから」

タケやんは駄屋の奥から、埃をはらいながら、将棋盤を持ってきた。そして、棋譜を覚えているのかすばやくならべると、章に持ち駒をさしだした。

「詰めてみ」

章は並べられた盤面をしばらく見つめていたが、無理なことははじめからわかっていた。

「分からんはずや。これはな、まあ二段くらいの腕前でないと、詰められれん」

お城下にある磐代《いわしろ》様の御祭礼の日だった。何人かの腕自慢の将棋好きが、十円を払ってタケやんに挑むのだが、みんな詰めることが出来ない。ところが、しばらくタケやんの横で観戦していた学生服の男が、黙って皺になった十円紙幣をポケットからとりだすと、盤の上においたのだ。

「そうや。どうもあいつ、大学生やったろなあ。折り目のついとらん、妙にテラテラ光った黒ズボンはいとった」

タケやんは、駒を持ったその学生の指先を見て、ただ者ではないと思ったらしい。

「名人はな、こうやって将棋盤に駒をおいたら、パチいうええ音さして、あとは駒が吸いついたように動かん」

タケやんは、もちろん詰め将棋の棋譜を、頭にたたきこんでいる。そのタケやんが、二十五手詰みの終盤で、王手を逃げ損なったのである。

「そいつ、最後の三手くらいになって腕組みしはじめたんや」

「勝った思た？」

「まあ、これで十円もうけたと思たな」

ところが、五分が過ぎ十分になっても、その人絹の安物黒ズボンをはいた学生は、盤面に目を落としている。

タケやんは何度かせかせるように|学生さん、次、あんたの番や、と言ってはみたが、全く動じる気配がない。タケやんは、しだいに嫌気がさしてきた。

ふと、向かいにある松の木に目をやった。みごとな枝振りで、この磐代様の境内では名木であった。根元に駒札《こまふだ》が立てられていて、なにやら由緒が書いてある。いままで、何度もこの磐代様の縁日には店を出しているが、タケやんは一度も駒札に目をとめたことはなかった。タケやんは目をこらして、読もうとした。

「それが、いかんかったんやろうなあ。ほれしか、考えられへん」

盤面に弾けるような音がして、その学生は王手をかけてきた。タケやんはその音に気圧《けお》されたのか、決まりきった受け手を間違えたのである。あっと言う間に、タケやんは詰められていた。そして、まず取られるはずのない蝙蝠《こうもり》の絵が描かれたゴールデン・バットという煙草を、十箱も取られたのである。景品のなくなったタケやんの詰め将棋は、店じまいしなければならなかった。

※

陣屋のある小野のお城下から郊外電車に乗って加古川駅で乗り換え、西明石の駅が近づくと、潮の香りがした。章はこの母のふるさとの駅にむかう電車に乗ると、いつも一つ、二つと過ぎていく駅を数えていた。開け放たれた車窓から、潮の香りが流れ込んでくる。海岸線に沿って電車が走るようになると、母のふるさとの駅はもうすぐであった。

母の実家は、その町で「丸広《まるこう》」という雑貨屋を営んでいた。夏休みの八月になると、章は毎年ここで母とともに一週間ばかりを過ごしていた。母の兄弟姉妹は七人と多く、母は下から二番目であった。だから、いとこ達も多く集まってくる。昼間はほとんど海で泳いで過ごし、夕方食事が終わると、縁台にすわって甘酒や飴湯《あめゆ》をのみながら、縁台将棋をした。章はタケやんから教えられていたこともあり、いとこの中では一番強かった。

章が母に連れられて里帰りすると、いつも真っ先にそのことを聞きつけてやってくるおばさんがいた。章たちは高浜《たかはま》さんとよんでいた。結婚もせず、ひとりで魚の行商をするボテフリである。章はこの高浜さんに、とりわけ可愛がられた。ちいさな魚市場で仕入れた魚が売れ残ると、よく家に持ってきてくれたが、その中に海ホオズキがあった。

海ホオズキは、テングニシという巻貝の子である。中の卵をとり、紅で染めたものは母の実家の「丸広」でも売っていたが、高浜さんがいつも章にくれるのは、海からあがったままのもので、口に含むとまだ潮の味がするものだ。これを高浜さんは、商売ものの小包丁の先で手早く小さな穴をあけ、中の卵を抜いてざっと水洗いしたものをくれるのである。高浜さんが口にふくむと、しばらくして麦笛のような音がする。しかし、章がいくら顔を真っ赤にして真似をしても鳴らなかった。

「坊。よう、わしの口を見ときや」

舌の上にのせ、それを上あごにくっつけて押すように吹くのだが、それができない。

もう何年も教えてもらっているのだが、章はいまだにできないでいた。

「鈍くさい子やな」

最後はいつもそう言って、帰っていった。店番をしていた母は、口の悪い高浜さんを見送りながら、いつも笑っていた。

夏休みが終わりに近づき、帰る二日前のことだった。高浜さんが、ふらりとやってきた。ふだんなら、とっくに行商に出かけている時間である。

「どないしたんや、何ぞあったん?」

高浜さんは、ふらふらと店の前の縁台に坐りこんだ。髪の毛が抜けて、薄くなっている。高浜さんは、母がたずねても、怒ったような表情で、ため息をつくばかりである。頼まれていたハマチの競《せ》りで、同じボテフリの男とつかみあいの喧嘩になったらしい。トロ箱を一つ競り負けた高浜さんは、その男に中から二匹だけ売ってくれと言った。高浜さんが、得意先から頼まれたのは、二匹だった。邪険に断ったその男と口論になった。

「このドケチが、いうたんや」

「そんなことを言うからや」

「あいつ、もともと虫の好かん奴やった」

すると、いきなり男がつかみかかって来た。

高浜さんは髪の毛をつかまれ、魚市場でひきずりまわされたのだという。

「頭が割れそうに痛いもんでな。今まで家で横になっとったんや」

章が高浜さんの頭を見ると、真ん中のあたり、ごそっと髪の毛が抜け落ちている。

「おばさん、はよ病院に行ったほうがええで」

「うるさい、しゃべるんやない。頭にひびくやないか」

そのうち高浜さんは、頭をかかえたまま、縁台で横になった。

「困ったね、今氷枕用意するから」

母は奥にはいると、ゴムの水枕を持ってきて、近くのキャンデー屋に氷を買いにいった。

高浜さんはその後も頭が痛むらしく、次の日も寝込んでいたが、章たちが家に帰る日を覚えていたらしい。その日の朝、高浜さんはふらりと雑貨屋の店先にあらわれた。

「何時の電車に乗るんや」

「まだ、決めてないけど」

母がそう答えると、高浜さんは古新聞に包んだものをさしだした。

「なに？」

「つまらんモン。なかにアジの干物がはいっとる」

そして、章にはまだつながったままの海ホオズキをくれた。

「来年くるときまでには、ちゃんと鳴るよう練習しときや」

そう言って、ゴシゴシと章の頭を撫でた。ぶ厚い、男のような手だった。

母の実家から帰った翌日、章はタケやんの家に行った。タケやんは、いなかった。牛もいない。章は、川にむかった。橋の上から下流をながめると、タケやんと牛が浅瀬に立っていた。

「牛冷《うしざ》ましてやらんとな」

川縁に立った章に気がつくと、タケやんが手招きをする。

タケやんには自分の持田《もちだ》がなく、時々雇われて田畑を耕している。それがタケやんにとって、数少ない現金収入のひとつだった。

一日働いた牛は、体がほてったままである。だから、体を冷ますために川につれていき、水をかけながら藁束《わらたば》でしごき、体を洗ってやる。

「どうやった、母ちゃんの実家は」

「うん」

「泳いだか」

「竹やんは、海ホオズキ知っとる?」

「いや、見たことないな」

「これやけど」

章は、ポケットに入れていた海ホオズキを見せた。

「ああ、これな。これは、女の子が遊ぶヤツや」

タケやんは、これは貝の卵だと言い、口に含むと器用に鳴らしはじめた。高浜さんよりも、たくましい音がした。

「うまいな」

「まあ、根気よう練習することやな」

コツなどはないと、タケやんは言う。

章は藁束で牛の背中を洗うのを手伝いながら、高浜さんの話をした。魚市場で、同じボテフリの男と喧嘩した話である。タケやんは、黙ってその話を聞いていた。

「そのおばさんが、海ホオズキくれたんや」

「ほうか。その男も、おばさんに魚分けてやればええのにな」

牛は、気持ちよさそうに目を閉じていた。お盆も過ぎ、あと十日ばかりで夏休みも終わりだった。そして冬が近づくと、役目の終わった村の牛二十頭ばかりを浄谷《きよたに》の牧場まで連れていく。

そこで、春先まで牛養《うしやしな》いをする。タケやんは村の牛を連れていき、そのまま牧場の牛舎に残って冬を越すのだ。

「これから、忙しなるな」

「仕事や。忙しいなんかいうとれへん。バチがあたる」

夏が終わろうとしていた。村では稲刈りの準備がはじまるのだが、タケやんはこれから稲苅りが終わるまで、各地の縁日にでかけるようになる。秋の収穫が終わると、どの村でも秋祭がはじまるからだった。

「ちょっと、出かけてくる。みやげ、楽しみにしとき」

「どこ行くんや」

「まだ決めてないけどな。海の方でもと考えとる」

タケやんは、近隣の縁日が記されている、タカマチ帳と言われているものを取り出してきた。

「祭の日ィが変わっとらんかったら、ええけど」

二日後、陽が昇りかけたころ、タケやんが颯爽《さっそう》と借り物の自転車を駆《か》って、城下にむかうのを見た者があった。いつもの汚れた野良着《のらぎ》ではなく、あか抜けたシャツ姿だったらしい。

海か、ええなー章のうちに、明石の潮のかおりや枕元に届いてくる波の音がよみがえってきた。

タケやんが帰ってきたのは、それから一週間ばかりしてからだった。その日、タケやんは駄屋の藁くずの上で、眠っていた。

「おまえか」

「いつ帰ってきたんや?」

「昨日の夜。これ、おまえにやろ思てな。おみやげや」

そういうとタケやんは、駄屋に吊してあったビニール袋をはずした。それには、貝殻が一杯つまっていた。

「島のことで、何もあらへん。仲間の売れ残りやけど」

笠岡諸島の北木島《きたきじま》に行ってきたというタケやんの話だと、仲間のひとりは島の縁日には必ず、この貝殻セットを仕入れて売るらしい。二枚貝や巻き貝なのだが、どれも色あざやかで、章が見たこともない貝ばかりだった。

「フィリッピンから仕入れるらしいな。どや、きれいやろ」

章は手のひらに広げてながめてみた。

「学校に持っていって、図鑑で名前を調べてみる」

「そら、ええ勉強になる。女の子にやると、喜ぶで」

タケやんは、からかうように言った。

章は知らなかったが、どうもタケやんに、見合い話が持ち上がったらしい。相手は、高浜さんだった。母は終戦時まだ女学生だったが、実家のある漁師町でも、その当時未婚の女性がたくさんいたという。高浜さんも、そのひとりだった。

「今はあんな威勢がええけど、若いころは美人やったらしいな」

「タケやんも、若い頃はカッコ良かったんやろか」

「さあ、それは知らん」

「勲章もろたいうてた」

「そんなん、昔のことや」

母はふたりとも、もういい歳だと言っていたが、高浜さんもまだ四十ばかりである。タケやんは、もう少し年上だった。

地方祭もあらかた終わった、十一月の日曜日だった。章はよそ行きの服を着せられて、母の実家の海辺の町にでかけることになった。タケやんも一緒のはずだったが、前の夜になって、場所はわかるからひとりで行くと言いだした。夏以来だった。海辺の駅の前にある栴檀《せんだん》の木が、晩秋の濃い日陰を落としていた。母と章は、ここでタケやんと待ち合わせることになっていた。

「タケやん道に迷うたんやないか」

「旅なれとる。そんなはずない」

母はあたりを見回しながら、怒ったような口ぶりで言った。

もう約束の時間である。ふと見ると、タケやんが栴檀の木の向こう側に隠れるように立っていた。

母と目があうと、タケやんはきまり悪そうな顔で、頭を下げた。

「なんや、来てたんかいな」

「自転車できた」

「アホか。ここまで、自転車できたんか」

母は、あきれている。タケやんは、陣屋のある城下まで自転車で出かけることは多いのだが、この海辺の町までは、飛ばしても三時間は優にかかったはずである。めずらしく背広を着たタケやんの顔には、まだ汗が吹き出したままだった。

三人は、歩きはじめた。ここから少し行くと、見合いの場所になっている溌々亭《はつはってい》という活魚専門の料亭があった。着くと、すでに高浜さんは来ているという。座敷に通されると、高浜さんは一張羅らしい地染めの久留米絣を着て、幸栄丸の船長の左横にかしこまっていた。幸栄丸の船長は、高浜さんの叔父にあたる人だった。自己紹介が終わり、料理が運ばれてきた。

「この子が、どうしても行くいうて。場違いのとこに連れてきてしもて、すみません」

章の母は、そんなことを言って幸栄丸の船長に酌をした。

「まあ、一杯」

今度は船長が、タケやんの盃に酒をついだ。

高浜さんは、伏し目がちに黙ったままである。

「あんた、見合いはじめてやてな。牛飼うてはるんか」

タケやんは消え入るような返事をし、わしの手飼《てが》いの牛は一頭ばかりだが、毎年冬が近づくと、村じゅうの牛を引き連れて牧場に出かけると言った。

「ほう、それはえらいもんや。ひとりでなあ」

「竹三さんは、海ホオズキを鳴らすのがうまいんや」

章が口をはさむと、母が座卓の下で章の腿を叩いた。

その時、高浜さんがはじめて顔を上げた。

「海ホオズキ、知っておられるんですか」

「ええ、子供のころよく遊んだもんですよ」

タケやんが、赤や黄の食紅で色をつけ、駄菓子屋で売っていた話をすると、高浜さんは嬉しそうに何度もうなずいている。ふたりとも、よそいきのことばだ。

「そうでしたねぇ。私も子供のころ、よく鳴らしていたもんです。いくらでもありますから。今度、採ってきますね」

「よし、わしがいまからすぐに都合してやる。ちょっと、待っときや」

幸栄丸の船長は、勢いよく立ち上がった。そして、母に目くばせをした。

「おじさん、何も今すぐでなくても」

高浜さんは腰を浮かせて、船長を見上げている。

「ちょうどええ。私らも一緒にいこ。ちょっとこの子に、魚市場も見せてやりたいからな」

母はそういうと、章の手を引っ張るようにして立ち上がった。

母と章は、そのまま幸栄丸の船長に連れられて食堂に入り、カツ丼をご馳走になった。

「話まとまると、ええんですけど」

「なかなかウマが合いそうやないか。あとは、二人しだいや」

翌日、元村長に連れられてタケやんがやってきた。夕飯が終わったあとだった。章は、玄関のすぐ横の三畳間で宿題をしていた。狭い家のことで、話はつつ抜けである。タケやんがしきりと詫びている。

「ほんま、困った奴や」

しばらくして、元村長の声が聞こえてきた。

あのあと、しばらくの間は海ホオズキの話や、高浜さんのボテフリ仕事の話になった。タケやんはというと、牛の手綱を引く時のやり方や、牛の目の可愛いことを話しているうちはよかったのである。

タケやんは、けっして縁日で商売をしていることや、戦争の話はしなかった。しかし、高浜さんがあまりに酒をつぐものだから、それを全部断らずに飲んでいるうち、だんだん呂律《ろれつ》が怪しくなってきた。調子づいたタケやんはさらに酒の追加をし、ついにはコップ酒を飲みはじめた。焼酎で鍛えているタケやんは、清酒などは水と同じだった。

「なんやて」

母が素っ頓狂な声を上げた。

「ほや。このバカモンは、箸使うて皿回しをしたんや」

その時タケやんは、ふらつく足でやっと立ち上がると皿を回しはじめたが、すぐに失敗して、料理皿を数枚割ったという。

タケやんの縁談は、幸栄丸の船長が正式に断りに来た。それからタケやんは、以前と変わらぬ毎日を送るようになった。ただ、もう駄屋で牛と一緒に寝ることはなくなったようだ。章が訪ねていった時、いつもとは違ういい匂いがしたからである。

「あれ、何の匂いやろ?」

「あててみ」

章は、タケやんの近くに寄って匂いをかいで見た。それは、石鹸の匂いだった。

「これから、清潔にすることにしたんや」

そういうとタケやんは、いくつもの箱を取り出してきた。

「箪笥とか、いろんなとこに入れとくと、ええ匂いがするのや」

章は、石鹸で顔や手を洗っているタケやんを見たことがなかった。もしかしたら、この間見合いをした高浜さんに言われたのかもしれないと思った。

「なんべんいうたらわかるんや。顔や手を洗うモンちゃう、匂い消しや」

タケやんは、もうかなり石鹸を集めているらしく、そのことを章に自慢した。

「そういうたら、この間タケやんが石鹸ないか、あったらひとつくれんかいうとったな」

母は何がおかしいのか、それだけ言うと急に笑い出した。

タケやんが村の牛をつれて出発したのは、澄み切った小春日和《こはるびより》だった。章は気づかなかったが、まだ暗い内から農家をまわって牛を集め、秋風に吹かれながら牧場に出かけた。

牛を預かって回るタケやんの口元は、始終きゅきゅという聞き慣れぬ、はぎれのいい音がしていたという。そのことが、しばらく村の噂になった。

優秀賞

メンチカツと貴婦人

室町　眞

むろまち　しん　60代

艶やかで、白く長い飛行機雲を二本引き、「空の貴婦人」と呼ばれていた旅客機が空の彼方を目指して優雅に飛んでいく。

繊細で、美しい機影がどんどん小さな点になり、最後にはまったく見えなくなるまで、名残惜しげに大空をいつまでも見上げている。まるで年上の恋人を見つめるかのように、うっとりと――。

すでに初老となった私が小学生のころの記憶を辿ったとき、多分に感傷的ではあるが、真っ先に浮かんでくるのはそんな空の光景だ。

そう、数あるジェット旅客機の中で、私は「空の貴婦人」をもっとも好んでいた。世界で最初に超音速飛行を達成した偉大な旅客機、ダグラスＤＣ―８。それがこの贅肉がまったくついていない、美しすぎるボディーラインを持った飛行機の正式名称だ。

当時、私は東京湾に注ぎこむ大河の河口付近に広がる古い町に住んでいた。

そこは、赤茶けた鉄の粉を撒き散らしながら、赤い塗装の私鉄電車が川崎や横浜に向かって走り抜け、迷路のように入り組んだ狭い路地には、金属板をプレスしたり、メッキ加工したりする零細工場が窮屈そうにひしめきあっている、いささか汚れた下町だった。

私が暮らす家は、その町の中心部に位置する商店街の一角に建っていた。しかも周辺では珍しい、鉄筋三階建ての立派なビルでもあった。『石田精肉店』――そう、両親は大きな肉屋を営んでいたのだ。

私の家族は全部で四人だった。父と継母と四つ違いの兄と私である。兄は私と違って背が高く、しかも相当の秀才で、弟が口にする質問のほとんどすべてにいつも機嫌よく正解を与えてくれた。

この兄を私はだれよりも深く尊敬していた。性格も頭の程度も、お互いにまるで異なっていたのが幸いしたのだろうと思う。

他の個人商店同様、石田精肉店にも名物とか人気商品とかはいろいろあったけれど、何と言っても一番人気だったのはメンチカツだった。店の経営者であり、商店会の会長でもあった私の父はずいぶん商才に長けていて（悪く言えば相当のケチで）、陰ではけっこうのズルをやっていた。しかしメンチカツだけは特別扱いで、A4ランクとかA5ランクの上等な精肉を惜しげもなく使用し、「男は気概だ！」と赤字覚悟で製造販売していた。

そんな父が「さあ、さあ、一組様、五個限定だよ」と濁声《だみごえ》を張り上げ、真っ黒な毛に覆われた太い腕をひけらかしながら店頭に立っていた大柄の姿が、今でもふっと蘇ってくることがある。

懐かしいと言えば、たしかに懐かしい光景ではある。でも見栄っ張りで、派手好みで、しかもどうしようもない浮気者だった父のことを、私は毛嫌いし、ひたすら敬遠していた。

町じゅうの評判どおり、まさしく味は絶品だったが、この一番人気を私はまったく好んでいなかった。クラスのみんなから「メンチカツ」と仇名をつけられて馬鹿にされ、多分に冷ややかな扱いを受けていたからだ。クラスで一番のチビだった私の、まん丸の顔のかたちや皮膚の色がメンチカツによく似ていたので、きっとそういう蔑称がつけられたのだろう。私の家の裕福さに対する、みんなのやっかみも少しはあったろうが。

私はやや風変わりな嗜好を持ち、人と群れるのをひどく嫌っていたから、その種の禍に見舞われたのもあるいは無理からぬことだったかもしれない。とにかく始末におえない「飛行機オタク」だったのだ。学校に長く留まるのが嫌で堪らず、私は毎朝、始業時間ぎりぎりに教室めがけて最後に飛びこみ、終業を知らせるベルが鳴るやいなや、今度はだれよりも早く疾駆して、一目散に校舎を後にしたものだった。当然ながら成績もあまり芳しくはなかった。

下校後、真っ先に目指したのは自宅の屋上にある物干し場だった。そこは六畳ほどもある広い空間で、町の全体像がまるまる遠望できる絶好のビューポイントでもあったから、私は毎日そこに登り、羽田空港方面の空を飽きることなく眺めつづけていた。手にはたえずノートを持っていた。このノートには、DC—8の雄姿を撮った写真やイラストが隙間なくびっしりと貼られていた。

また、羽田空港まで出かけていって、航空機の運行スケジュールを確認し、自分専用の時刻表を作っては密かに楽しんでもいた。

今でこそ、私の育った町には大規模マンションが林立しているが、そのころはまだ背の高い建物は皆無に近く、空は何ものにも穢されず、ちゃんと私のためにだけ頭上に広がっていた。物干し場から見通せる空は、私にとって、夢想を描くための壮大なキャンバスであり、デート場所でもあった。むろん、その相手は「金属製の巨大な飛行物体」だった。

ダグラスDC—8には、なぜか「富士」とか「鎌倉」とか、観光地の名前がつけられていた。たとえば、話は少し前後するが、一九六六年にビートルズが初来日したときに乗っていたのは「松島」号だ。当時、すでに大学生になっていた兄は無類のロック好きで、そのスーパースターの到着をわざわざ羽田まで見にいった。

でも、あいにく中三だった私は、嫌々ながら受験勉強に専念しなければならなくて無念にも置き去りにされ、かなり妬み深い目で、あの異常とも思える喧騒を傍観するしか方途がなかった。

兄は私の頭の不出来さや、飛行機に対してだけ示す異様なほどの執着心には一切苦言を述べなかったが、私の継母に対する関わり方にだけは、いつも心配の視線を注いでいた。私が継母をまったく受け入れていなかったからだ。「もういい加減にあの人を認めてやれよ。いくら待ったって、俺達の本当の母親は帰っちゃこないんだぜ」と兄はたえず諭したが、「だって、お兄ちゃん。僕らはあの人とは血が繋がっていないんだよ。ただ父さんの新しい奥さんっていうだけの話じゃないか。要するに赤の他人さ。それに、いつまた別の人に変わるかもしれないし」と、私は反論だけを繰り返していた。

「けっこういい人じゃないか。料理だって上手いし優しいし美人だし。それでも駄目か？」

兄は粘り強く弟を説得しようと努めた。でもそのたびに私は口を固く結んで不服げに黙りこくったものだった。継母がまさに兄の指摘するとおりの立派な人だったたからにほかならない。そう、どこを取り上げても継母は文句なしの義母だったのだ。

　本来なら、継母の努力をちゃんと認めてあげなければならなかったのだろうが、まだ子供にすぎなかったから無理な話だった。実は、私達の実母は私が小学三年生のときに離婚して家を出ていったきり、なしのつぶてになっていた。母が家を出た、その明確な理由はよく分からない。でも父の女癖の悪さに、ほとほと愛想をつかしたということだけは間違いない。

　父は、それくらいにひどい「女たらし」だったのだ。

「でもそれだけが原因なら、母さんは俺達をつれて、三人でこの家を出たはずさ。変だと思わないか？」と兄はしばしば私を詰問した。「それが普通の母親の姿というものさ。ところがそうはしなかったんだぜ。だから翔太。あの人は俺達のことを、きっとその程度にしか愛していなかったはずだ。おまえもそう考えろ。そのほうがずっとラクになれるぞ」

　兄の言うことはまさに正論だった。一般的には母親は子供をつれて家を出るからだ。だが私は頑固に兄の説教を否定しつづけた。そうでもしていないと、日々、辛くて仕方なかったのだ。私は実母への思慕をどうやっても捨てられなかったし、母を追い出した淫蕩《いんとう》な父をより深く呪ってもいた。

そんなわけで、私の心休まる居場所は自宅の物干し場しかなかった。もし、あの優しくて聡明な兄がいなかったとしたら、今ごろはかなりグレていたかもしれない。

継母と父に対する敬遠の気持ちと、ダグラスDC―8への憧憬の思いを抱いたまま、ほどなく小学六年生の冬を迎えた。

その年、一九六三年。世の中は東京オリンピックへの期待がよりいっそうの高まりを見せ、町の側を通っている国道がアスファルトを厚く塗り変えたり、首都高速道路が羽田へと延びたり、海岸線の光景も都心の風景も急速に移り変わっていた。

父は他家に先がけて大型のカラーテレビを購入し、近所の大人達を集めては、川崎から呼び寄せた玄人の酌婦を何人か侍らせながら、毎晩のように酒盛りをしていた。

商店街のスピーカーからは、朝から晩まで、三波春夫が歌う『東京五輪音頭』が調子よく流れつづけていて、何だか町じゅうが浮かれているとしか思えなかった。

ちょうどそのころ、商店街の歳末商戦で何か変わった企画をやろうじゃないか、と父が提案し、仮設の小さなステージが、商店街のすぐ脇にある広場に建てられた。

不思議に感じた私が「ねえ、父さんはさ、あんな狭い舞台でいったいどんな催し物をやらせるつもりなのかな?」と尋ねると、兄は「たぶん面白くもない漫才か手品だろ」と珍しく無愛想に答えた。

兄もまた、父のやることが決して好きではなかったのだ。

催事は午後三時から夜八時までの間、毎日開催されるはこびとなったけれど、その演目はなぜか庶民には馴染みが薄いパントマイムで、しかも演者は、たった一人の女優だった。

ちなみにパントマイムとは、実際にはない「壁」などが、さもそこに存在しているかのように観客に見せかけつつ、「ぜったいに喋らない」まま、「手や足などの肉体」だけを使って演技をする大道芸の一種で、「無言劇」とも呼ばれている芝居のことを言う。

商店会に雇われた、そのパントマイミストは、年のころは二十代半ばから後半とおぼしき細身の女性で、なかなか綺麗な人だった。

ただし、本当に美人だったかどうか、多分に曖昧ではあった。顔にはおしろいをたえずべったりと塗りたくっていて、実年齢は不明だったし、顔の内でよく確認できるのは両方の目しかなかったからだ。

それでも、催事会場で、はじめて彼女を見た瞬間、私はDC―8のほっそりとした優美な姿に、彼女の痩身の体形をたちまちかさねあわせたし、「貴婦人《フェアレディー》」と秘かに名づけ、同時に強い憧れさえ抱いた。私の陰部には、ほんのうっすらとした毛が黄金虫の産毛みたいに生え出してもいた。どうやら私は、「空の恋人」ではなく、「現実世界を飛翔する異性」への憧れが強くなる、思春期への階段を登りはじめる時期を迎えたようだった。

私は学校を飛び出すと、一目散に広場に駆けこみ、催事が終わるまで、毎日、舞台下に居座りつづけた。さんざん登った、あの物干し場にだって、期間中はとうとう一度もいかずじまいだった。

当然というのか、一人で演ずる無言劇だから、催事場には華やかな趣向は取り立てて用意されてはいなかった。ステージも畳二畳ほどのスペースしかなく、書き割りやセットだって何ひとつなかった。

何事にも派手好きな父らしからぬ地味すぎる代物で、商店会の店主連中も首を傾げて、あれこれ詮索したほど質素な体裁だった。

買い物客で込みあう午後から夜まで、飾りっけのまるでない舞台にいたのは、とにかく彼女一人だけだった。

彼女はステージ上に置かれていた、たった一脚の味気ないスチール椅子に終日腰かけていた。しかも、だれも客がいないか、仮にいたとしても、何も話しかけなければ、同じ姿勢のまま微動だにせず、終日黙って座っていた。何かの人形みたいに、ずっと無表情で。

そういう彼女を、それでも「すごいプロだ」と思い、たちまち大きな畏怖さえ覚えた。一日じゅう、不動の姿勢で沈黙していられる人間など滅多にいないとつくづく感心したからだ。


目立ったパフォーマンスこそしなかったけれど、彼女は服装だけは毎日変えていた。あるときは、赤と白の横縞のシャツを着たピエロ姿だったり、大きな耳を立てた鼠の着ぐるみだったり（たぶんミッキーのパクリだろう）、そしてまたある日は、白いロングドレスをまとったお姫様だったり（きっと白雪姫だろう）といった感じだ。

衣装が替わるたびに、彼女はまったく別の美しさをそれぞれ見せつけた。たとえば、ダグラスＤＣ―８が着陸するときとか、離陸するときとか、あるいは旋回するときとかに、それぞれ異なった美――気高さや華麗さや淑やかさだ――を誇示するのと同じように。そしてそのたびに、私の頭はくらくらした。

私は彼女に気に入られたくて、宝物中の宝物だったＤＣ―８のプラモデルを思いきってプレゼントした。舞台の下から差し出された飛行機を見ると、彼女は小首を傾げて目を見開いた。〈なぜ私にくれるの？〉と、その優しい瞳は無言で語っていた。

「理由なんか、どうでもいいじゃないか」と、模型を持った手をさらに高く伸ばした。

〈あらあら〉という感じで、彼女はくびれたウエストをひねって反転し、両手を翼のように広げた。それからまるで飛行機が飛翔するように、舞台の上を滑らかに滑空した。彼女が進むにつれて、広げた両腕の翼から空気が濃密に溶け出し、どこか高貴な香りを漂わせたような気がした。その光景はどこか甘美的でさえあった。

彼女はステージをくるくると二度ほど周回すると、私のところに戻るなり、しなやかな指先でプレゼントをようやく受け取った。ピンと伸びた小指の先端の美しさにまたまた魅了された——女の人の指先は今でも私のアキレスの踵だ。

「綺麗だろ。これ、ダグラスＤＣ—８—33型っていうんだ。僕が日本航空仕様に塗ったんだよ。北極まわりの便に、はじめて採用された機種でもあるんだ」と自慢した。

〈嬉しいわ。でもそんな大切なものをもらってもかまわないの？〉

彼女は口を開けずに尋ねた。私は誇らしげに胸を張った。

彼女はプラモデルを頭上高く掲げると、バレリーナのようにつま先立ちして、くるくると三度体をまわした。とても優雅な舞いだった。きっと喜んでくれたんだろうな、と勝手に想像し、私は胸を高鳴らせた。その晩は、すっかり興奮して、なかなか寝つけなくて困ってしまった。ほんのわずかだが、ペニスが硬くなっており、おしっこが今にも漏れ出しそうで何度もトイレに起きたほどだった。

翌日の午後、広場にいくと、彼女はロダンの「考える人」を模したポーズで椅子に座っていた。どこかの悪ガキがコッペパンの端を千切って投げつけたが、彼女は一切動かなかった。私はその悪ガキをにらみつけて脅し、すぐに追い払うと、わざと自分も「考える人」のポーズを真似て、ウイスキーの瓶が入っている木箱の上に座った。

「ほら、あそこが僕の家だよ」と肉屋の店頭を指差した。

〈コロッケ、から揚げ、トンカツ〉

彼女は顎の下に置いていた手を離し、店を見やりながら、指先の仕草で答えた。

私は大きく首を振った。「違う、違う。一番人気はメンチカツさ」

〈私も大好き!〉手をハート形に広げて、彼女はそう表現した。

「でもさ、あいにく僕は好きじゃないんだ」

〈どうして?〉指の先で疑問符のかたちを空中に大きく描いた。

「だって、僕の仇名でもあるんだもん」

〈一番人気が仇名なら、とっても素敵じゃない。違うの？〉と眉が持ち上がる。

「馬鹿にされてるんだ、クラスのみんなから。こんなチビだしさ、顔色は揚げすぎたメンチカツに近いし、頭だって良くないし、友達とも遊ばないし」

〈あら、一人ぼっちっていうわけなのね。何をしているの？　いつも一人で〉

「ほら、あそこの物干し場で、ずっと飛行機を見ている」と自宅の屋上を見上げた。

〈ダグラスDC—8。きっと大好きなのね〉と彼女は目で聞いた。

私は頷くと、兄こそ尊敬しているが、父も母も好きじゃないと説明した。「母は継母で、本当のお母さんとはもう長いこと会っていないんだ」とも話した。彼女は優しい手つきで頭を撫でる、あの『いい子、いい子』の仕草をしてくれた。私は「よせやい」と体をのけ反らした。彼女はちょっとだけ寂しげに私を見た。相手が沈黙していても、会話って成り立つんだなあ、とはじめて知った気がした。

「困ったことに、どうやら初恋をしたようだな」と催事がはじまって、しばらく経ったころの晩に兄から不意に指摘された。

「そんなんじゃないさ」と横を向いた。でも内心ではすでにそう自覚できていた。

「隠したって分かるさ」と兄は眉を寄せた。それから「ステージに近づくのはやめにしろ」といつになく、つっけんどんに言い放った。

私は「なぜさ？」と、すぐに噛みついた。

「なぜでもさ。とにかく、もうこれ以上は関わるんじゃない。いいな、翔太」そう吐き捨てるように言うと、兄は部屋を出ていった。

けれど翌日もその翌日も、兄の忠告を無視してステージにいった。だって期限がくれば、彼女とはたぶんもう二度と会えなくなる身なのだから、という切ない思いに貫かれていた。

強い北風が吹いた、ある日のことだった。

わざと無関心を装いながら、「こんにちは」と挨拶すると、彼女も〈こんにちは〉と身振りだけで答えた。

「ねえ、お姉さんはさ、どこに住んでるの？」

ずっと向こう、というふうに彼女は人差し指を空に向かってぐっと伸ばした。その指先が、飛行機の翼の先端みたいに鋭く風を切った気がした。

「いつもここに一人でいるけど、寂しくはないの？」

〈寂しいわよ、もちろん〉と彼女は白いドレスの裾で目を拭った。

真に迫った泣き真似だった。

「まさか夜はいつも一人で泣いているんじゃないだろうな」と少々心配になって尋

ねた。気の毒だな、と胸がつまったから、ポケットの中に隠し持っていたカブトムシの標本をおずおずと差し出した。それは私にとって二番目に大切な宝物だった。彼女は〈もうじゅうぶんに頂戴したわ。ＤＣ—８だけで満足よ〉といった感じで首を横に振った。

「なら、いいけどさ」

頭を傾げ、彼女の掌を指でわざと触った。彼女の掌はやや湿っていたけれど、とてもふくよかで温かみがあった。十二月末の宵で、表はかなり冷えこんでいたはずだが、寒さはまるで感じなかった。彼女の掌に触れた指先はカイロみたいに、いつまでも発熱していた。

ほどなく一番恐れていた催事の最終日がやってきた。ついに彼女とのお別れの日がきてしまったのだった。商店街を往来する人々はどこか気忙しそうに急ぎ足で歩き、オリンピックが開催される一九六四年が間近に迫っていた。けれども、やがてベトナム戦争がはじまって、世界の平和が根底から大きく揺らぐ時代が到来するとは、まだほんの一握りの人しか知らなかったはずだ。

彼女とは、午後八時に、ちゃんとお別れの挨拶を交わしていたが、それだけではどうしても満足できなかったから、彼女がまだ後片づけをしていて舞台の近くのどこかにきっといるだろうと推測し、蒲団をこっそり抜け出して外に出た。たぶん十時すぎだったと思う。外気は想像以上に冷たかった。

舞台の周囲では、商店街の店主達が、それぞれ持ち寄った酒を片手に大騒ぎしていた。みんな真っ赤な顔をして、何かわけの分からないことをまくし立てていた。魚屋の主人はすでに酔い潰れて木箱にもたれかかりながら、いびきを掻いて深く寝入っている。

あちこち探したが、ついに彼女の姿は見つけ出せなかった。私はすっかり落胆して家に戻ろうとした。そのとき、私の家のビルと隣の家の間にある細い路地が目にとまった。その奥のほうには人影のような黒いものが不気味にうごめいていた。何か危険にも似た妙な胸騒ぎを覚えたまま、私は路地の奥へと進んでいった。

不気味な黒い影は父と私服姿のパントマイミストが抱きあいながら、まさに口づけを交わしている姿だった。私は破裂するのではないかと思うくらい激しく心音を響かせながら、その光景を見つめつづけた。父の野蛮な毛に覆われた太い腕が彼女の細い胴体に、まるで大蛸のようにからみついて締めつけていた。

前傾した私の耳の奥には、皮膚の裏側にある粘膜が擦れあうときのような、ピチャピチャという音が鳴り響き、どんなにとめようとしても体が震えて、まったく言うことを聞かなかった。ひどく残念だったが、彼女は父にすっかり甘え、自らしな垂れかかっていた。私の体はさらに深く前傾した。

そのときだった。何か突然大きな力で後方から引っ張られ、ほぼ同時に目が手で塞がれて、私は一気に視界を閉ざされてしまった。

「これ以上は見るな」

背後で、小さいけれど強硬な声が聞こえ、ずるずると路地の奥からつれ出された。目には大粒の涙が切れ目なく溢れ出していた。

「翔、俺はおまえに〝これ以上関わるんじゃない〟って言ったよな」

兄の声が、ほどなく私を多少は現実の世界に引き戻した。兄は私の肩を抱き締めながら歩いていって強引に自分の部屋に押しこんだ。

「隠すなよな。何か知ってたんだろ」と私はわめき立てた。

兄はポケットからハンカチを取り出すと、まず私の涙を丁寧に拭ってから鼻をかんだ。どこか、ひどく悔しそうだった。

「女なんだよ」と兄は吐き捨てるように短く言った。

「女って？」と、すっかり視界の曇った目で尋ねた。

「だから、親父のだってば」

今度はやや優しげに、兄は諭すように言い直した。とても静かな声だった。私は兄が言っている意味の大半をすでに理解していたが、素直に認めるわけにはいかない心境の中で、まだ一人揺らいでいた。

「たくさんいる愛人の一人なのさ、あの女優も」と兄は私をなだめながら、ベッドに座らせた。枕からは、兄が愛用している整髪料、バイタリスの匂いが仄かに香っていた。

「あんな素敵な人なのに。何で、どうしてなの？……」

そこまで言って、私はまた泣き出した。何だか自分がひどく惨めに思えてならなかった。

「よく覚えておくんだな。あれが現実の女の姿さ。あいつらがデパートで楽しそうに買い物をしているのを俺は何度も見た。むろんあいつが舞台化粧を落として素顔になるまでは気づかなかったさ。でも何か変だとは思っていたんだ。だってそうじゃないか。あんなヘボで役にも立たない女優を、いったいだれが金を払って呼ぶんだ？親父の個人的な事情があったからに違いない。そうだろう？」

「ヘボなんかじゃないし、ちゃんと役には立ったさ」

「おまえだけにはな……」と兄は仕方なさそうに笑った。

数日後、ようやく少し落ちつきを取り戻した私は、考えに考え抜いた末、やっぱり彼女をかばいたくて、再び「鋼鉄製の女性」のほうを愛そうと密かに決めた。「生身の女性」はまだ自分には無理なんだと、ひたすら言い聞かせつつ。

こうしてだれにでも一度はあるという「初恋」は遠くすぎ去った。

私も兄もその夜目撃した出来事を父には何も語らないまま、すぐに年が明けた。一月の末、数人の男が店を不意に訪ねてきて父を連行していった。長年の脱税がとうとう摘発されたのだ。

継母はそれでも一切取り乱すことなく、メンチカツを夫の代理で毎朝揚げた。私の目には、父が作るメンチカツよりは心持ち小振りになったように思えたが、真相は継母しか知らない。ほどなく父は多額の納税を渋々実行したが、淫蕩な生き方は一切正さなかった。たぶんそれも父にとっては男の気概だったのだろう。

大人になるにつれ、継母と親しく接するようになり、ほどなく「お母さん」と心から呼べるような間柄となった。だが父に対しては最後まで心を開かなかった。あるいは人生で最大の悔いかもしれない。

高校に入ったころ、私は兄の背丈をようやく抜かし、その後は逆に見下ろすほどのノッポに成長したが、兄に対する尊敬の念はまったく揺るがなかった。兄は国立大学を卒業後、運輸省（現国土交通省）の役人となり、コネを巧みに使って、三流私大出の頼りない弟を大手航空会社に入れてくれた。お蔭で私はスチュワードとして、憧れのダグラスＤＣ―８―61型に搭乗できた。

晩婚ながら、私は妻をもらったが、兄は死ぬまで未婚を通した。おそらく父の女遊びの激しさに内心では深く傷ついていて、終生女を遠ざけたのだと思う。もちろんその真相については、いかにも兄らしく、最後まで一言も口には出さなかったが。

私の在職中に、父も継母も他界し、兄もまた故人となった。公務で訪れた長野県の山村で、土砂崩れの濁流に呑みこまれたのだ。不運としかいいようのない突然の死だった。私は大好きだった酒をぷっつりと断って喪に服した。私は兄の骨折りで憧れの「空の貴婦人」と共に生き、無事定年を迎えた。「空の貴婦人」でのフライトが、たえず心躍るものだったことは、あえて言うまでもない。

二度目の東京オリンピックが間近に迫っている。元号が平成から令和に変わり、昭和は遠く過ぎ去った。オリンピックに伴う私の街の景観に、今度は何の変化もない。

ただ、私が育ったあの店が廃業され、駐車場へと様変わりしたというだけで。

私は時折、無性に懐かしくなって、店の跡地へわざわざ出かけていく。そして長い時間、ベンチに腰かけて、当時の出来事を追想しながら煙草をふかす。

子供のころには、とても広い敷地に思えていたその場所は、今となっては、ひどく狭いスペースとして目に映る。でも、パントマイミストが座りつづけていたあのステージは、なぜか広く深いものとして私の頭の中に浮かび上がってくる。むろん彼女がその後どうなったのか、知りようもないし、もうだれも私を「メンチカツ」とは呼ばない。色黒だった顔色はいつの間にか青白くなっている。

私は彼女と交わした、あの「無言の会話」を忘れてはいない。あれは、「人と本当に語りあうとは、いったいどういうことなのか」ということを、はじめて私に教えてくれた実に貴重な体験でもあった。

そう、たしかに彼女は、私にだけは何かの役に立ったのだ。

私の頭上に広がる空に、ダグラスＤＣ—８が作り出す、あの白く長い飛行機雲は浮かんではいない。彼女もまた一線を退いたからだ。

今、私は人生というもうひとつのフライトをまっとうしたいと考えている。両手を飛行機の翼のように大きく広げ、今後も堂々と生きていたいとも思っている。もう残り少ない人生だろうが、そうしたいと気張ってもいる。それもまた、反面教師としての父が教えてくれた男の気概だろう。

最後に後日談をひとつ。

昨年、彼女の姿を米軍の横田基地で目撃したという知らせを入手して、私はにわかに奮い立った。寝袋を持参して三日三晩、基地を見張った。だが残念ながらついに会えずじまいだった。

そしてつい先日、中東のとある地方空港で、彼女が駐機しているという情報と写真をネットで見つけた。私はさっそくドバイ行きの航空券を購入した。退役後も、どうにか踏ん張っているらしき彼女の姿を、一目でも見ておきたかったからにほかならない。

願わくは、そういう私の隣に彼女がいて、昔のように優雅に美しく、翼の先端で颯爽と風を切ってくれんことを。私は明日、旅に出る。永遠の「空の貴婦人」との再会を切に祈りながら。

優秀賞

母の遺産

北原　なお

きたはら　なお　50代

六十二で死んだ母親の預金残高は十五万某だった。葬儀屋に電話をして最低限の棺桶とサービスの花で火葬をしたら、十六万円かかった。

浩介は舌打ちをして畳にごろりと横になった。ひとりだった。日中の暑さをなだめるような風が網戸から入ってくる。実家の匂いは好きではない。

そのまま腹ばいになって、顧客のラインにハートのスタンプを押す。「由理さんにぴったりの絵があったよ！　フランスの新進作家の作品で、ものすごくおしゃれなんだ。今度持って行くね！」

絵文字を入れて「会いたい」と締めくくった。絵画、鞄、宝飾、由理は良い顧客だが、今回を最後にフェードアウトしよう。こういう商売のこつは、ギリギリまで搾り取らないで余力を残して放してやることだ。女は余力と自尊心があれば、使い捨てられたと思わずに新しい自由を取りに行くことができる。由理の豊満な胸を思い浮かべると多少の未練は感じるが仕方がない。潮時とはそういうものだ。

その体勢でタバコを吸おうとしたら、玄関の引き戸がガラリと音を立てた。

「浩ちゃん、おる？」

隣人の史子だ。浩介は更なる舌打ちを飲み込んで神妙な顔を作った。

玄関まで出る間もなく史子は「よっこいしょ」と勝手に上がり込み、スーパーの袋を差し出した。

「これ、ビールとお茶。冷蔵庫に入れておけば、急な弔問客に出せるで」

「ありがとうございます。史子さんには何から何までお世話になって」

救急車を呼んだのも、母親の急死を伝えてきたのも史子だった。

「お互い様だもんで、いいんな。私が先だったら同じようにしてもらうって約束しとったんな」。言いながら部屋の隅の仏壇の前に座って皺だらけの手を合わせる。小さくなっちゃって、とつぶやきながら線香をあげる。その線香を用意したのも史子だった。

「あれ、遺骨はどうしたの?」

「あ、さっき、墓に持って行って入れてきました」

「そう……早い事したなあ。ひとりで?」

「はあ。」

「なんだ、言ってくれれば一緒に行ったのに。一人じゃ淋しかったら?」史子は鼻をすすった。

「貴実ちゃんなあ」。母親の名前は貴実という。隣人同士、元々仲は良かったが、互いに単身者となってからは特に親しく助け合っていたという。「貴実ちゃんなあ、何にも残しとらんら？」

　言われて初めて部屋が必要以上にがらんとしていることに気がつく。

「浩ちゃんが東京に行っちゃってからこっち、終活するんだって言って、せっせと片付けを始めてなあ。アルバムとか処分しながら懐かしいって泣くもんで、そんなに急がんように、浩ちゃんと見るように取っておけばいいじゃん、って何度も言ったんだけど、いいんな、って。浩介はこういう物に執着しない子だで、動けるうちに片付けるって言って、まあ、せっせとやっとったに」

　昔からある卓袱台と二枚の座布団、生活をするための最低限の家具が置かれた家は、浩介の記憶と全く違う様子を呈している。以前は物が床まであふれていた。最後にこの家で母親の顔を見たのはいつだったろうと考えたが、思い出せなかった。

「仕事はいつまで休めるの？　大きい会社だで、しっかり休めるんだら？」

　史子の言葉を聞いて一瞬怯む。母親には、詐欺まがいの物品販売などではなく、それなりの会社の営業所に勤めていると嘘をついていた。当然史子もそれを信じている。しかし浩介が吐き出す息には、すらすらと嘘が混じる。

「それが、今ちょっと忙しい時期なものだから、あまり長いことは休めないんですよ」

「そう。なあ、本当にご近所に亡くなった事を言わなくていいの？　みんな貴実ちゃんとお別れしたいと思うよう」

冗談じゃない。面倒くさい史子には、さっさと帰ってもらいたい。母と、どれだけ親しかったか知らないが、自分とは関わりが無い。

「今夜は独りで母を偲びたいと思っています」

思ってもいない事を、ぴしゃりと言う。ついでに顔を伏せたので、史子の目には母を亡くした悲しみに耐えているように映るだろう。

「そう、そうだよなあ。ごめんね、無神経で。今日は帰るな。何かあったら、いつでも言ってくれていいでな」

史子を玄関先まで送り出し、さっさと鍵をかけてすぐにビールを開けた。冷えた液体が喉を下る感触を楽しむ。弔問客などそうそう来ないだろうし、いちいちビールなんか出していられるか。

大きくゲップをしながら携帯を取り出しメールやラインに適当な返信をし、電話をかける。金になりそうな話を探して淡々とスクロールを繰り返す。

「ユミちゃん？　今度はいつ会える？　この前のあれ、どうする……」

「あの石はタカエさんの肌の色をよく引き立てる色ですよ……」

「あれほどお似合いになるのは、奥様だけでしたよ……」
どいつもこいつも、だまされるか、だませないかの馬鹿ばっかりだ。

印鑑と通帳は、一竿だけある箪笥の引き出しに入っていた。わずかな衣類がきちんと畳まれて入っている。その衣類の下に菓子の缶を見つけたのは、二本目のビールを飲み終えた頃だった。

何だ。へそくりか。ずいぶん大事にしまってあるじゃないか。
期待と、期待をするなという気持ちのせめぎ合いで手元がおぼつかなくなり、歪んだ缶の蓋はなかなか開かない。ぱこっ、という軽い音を立てて開いた缶の中に三冊の通帳が入っていた。

「マジか！」と手に取ったそれは、通帳は通帳でも手で書いた通帳だった。パラパラとめくってみれば、銀行の通帳によくよく似せて作り、印字されたかのようにボールペンで書き込んだ物だった。「マジか……」同じ言葉を違うイントネーションで吐き出した。母親の、これは何の酔狂だよと表紙を見れば「信用貯金通帳」「信用貯金銀行」などと、こちらも活字に似せて書いてあり、ご丁寧に絵やマークとおぼしき物が書いてある。父と母と自分の名前が「様」の字と共に書き入れてあり、口座番号が書いてある。

　これは一体何だと浩介名義の通帳を開く。日付は十年程前から始まっている。摘要欄に〔部活に毎日行っている〕、預かり金額欄に〔一〇〇〇信〕とあり、差引残額は〔一〇〇〇信〕だ。次の段には同様に〔良い友達が遊びに来る：二〇〇〇信〕、更に〔挨拶をする：五〇〇信〕などと続いている。

「何だ、これ」

　戸惑いながらもページを繰っていくと〔学校をサボった〕かどで支払金額〔三〇〇〇信〕といった按配で、浩介の高校時代の所業が延々と記載され、それぞれに普通預金の円のように支払われたり預けられたりしている。それを目で追ううちに実家にいたこの頃の事がまざまざと思い浮かんだ。しかし当然、実際の浩介は貴実の評価よりも格段に低いところの更にその下にいた。学校をサボった事は数知れないが、実際に親に連絡が行ったのは数回だし、酒もタバコも親には知られていないはずだ。貴実が良い友達と歓迎していた奴は、万引きを常習していて程なく退学になったし、口先だけの挨拶は処世術の最たるものだ。

〔頑張ると言った〕と、進学のために家を出た三月にある。浩介はその日のことをよく覚えている。大して勉強もせずに合格した三流の大学に対し、浩介は何の夢も抱いていなかった。ただ、実家から離れれば母親の地味で真面目なだけのつまらない人生から遠くなれると考えていた。自分は、そういう生き方はしない、と考えていた。母親に「頑張ってな」と言われて、一体何を、と思いながら「頑張るよ」と答えたのだ。

以降、通帳上の浩介の動きは非常に緩慢になる。半年に一度くらいの割合で〈すぐに電話に出た〉〈折り返しの電話が来た〉〈正月に帰ってきた〉などという理由で三〇〇信、五〇〇信と、ぽつりぽつり積まれていく。その後、〈学校から登校していないと連絡あり〉〈借金返済の催促があった〉〈学校の成績不良〉など、実家に知られているとは思っていなかった理由が連なり、残高はみるみる減っていった。一体誰が実家にまで借金の催促に来たのだろうと学生時分の交友関係を思い返したが、ろくでもない知り合いばかりで、結局借りたことも返したことも思い出せなかった。

〈大会社に勤めていると嘘をついた〉との記載を見て浩介は眉を上げた。ばれていたとは思わなかった。何故分かったのだろう。それなりに仕事の内容をでっち上げる事などお手の物だのに。貴実を甘く見ていたか、あるいは誰ぞのたれ込みか。今となってはわかりようもない。残高は大きくマイナスに転じており、一〇〇信や二〇〇信の預け入れでは到底追っつかない。それでも高校の時と同じように、現実の浩介は貴実の評価よりも格段に低いところの更にその下にいるのだ。

そんなことよりも。

浩介は眉根を寄せた。世知に疎い貴実にすら、こういう事が隠しきれなかったのであれば、複数顧客を相手にでたらめな商売をする今、それぞれの傾向と対策について、きちんと整理をし直した方がいいのかもしれない。そう考えて三本目のビールを開けた。


父親の通帳には一行だけが書いてあった。

曰く〔女がいた〕。支払金額欄は〔一，八六〇，〇〇〇信〕。日付は父親が死んだ前年だった。

「は、は、ははは」

堅物で真面目で面白みの欠片も無いと思っていた父親に、女がいた。

「何の冗談だよ」

父親の顔を思い浮かべる。眼鏡をかけた細面に薄い唇がいつも一文字に結ばれ、仕事から帰ると、にこりともせずに野球を見ながらビールを一本飲む。黙って新聞か本を読む。黒い鞄を提げて出勤する。話しかけると「うん」と言い、話しかけないと何も言わない。

浩介にとって、以上が父親だ。何の道楽も無駄遣いも無く給料の大半を貯蓄に回すことができる偉いお父さん、といつか母親が言っていた。

その父親に女。

一体どんな女なら、あの父親とどうこうなるんだ？

浩介は顧客の女達を一人ひとり父親と並べて考えてみた。若い娘でも、中年の美人女将でも、気の強いキャリアウーマンでも、誰が相手でも父親は、やはり口を一文字に結んでいるのだ。〔女がいた〕にも色々レベルはあるだろうが、ホテルに行くにしろ飲みに行くにしろ、あんなむっつりしていて、それができるのだろうか。それともあのむっつりは家庭内で装着する仮面で、女と会っているときは脂下がるのか。

最後の年を、父親は病床で過ごした。肺が硬くなる病状は端から見ていても苦しいもので、それを甲斐甲斐しく看病していたのは母だった。父親が死んだのは浩介が高二になった頃だったが、その頃の浩介の関心はすでに家の中に無かったから、両親の間に不穏な空気があったとしても全く気付かなかった。

通帳の記載が一行しかないのは、父親の先の見えない病と、看病に疲れた母の間にそういう生々しい感情が入り込めなかったせいかもしれないし、信用を回復させる気持ちになることのない、貴実の女としての意地だったのかも知れない。

それにしても。

浩介は苦笑いを抑えきれない。あれほど真面目な父に女がいたことに対して、もっと信用とやらは失われてしかるべきではないか。架空の通帳なのだから、裏切られた腹いせとして何億でも書き込めばよいのに、百万単位、それも半端な額を書き込んでいた貴実という女の小心さが無性におかしく、捻れた笑いがこみ上げて途切れ途切れに吐き出された。大方、二〇〇万と書こうとしたものの情にほだされて減額したのだろう。通帳を前にボールペンを握って眉根を寄せる母親が、そこにいるかのように目に浮かぶ。


三冊目の貴実名義の通帳は使用頻度が高かったらしく手垢でよれよれになって広がっていた。ここにも何か暴露があるか、懺悔があるかと、にやつきながら通帳を開いた。父の〔女がいた〕に匹敵する物があれば、二度と母親のことをつまらないとか退屈だとか思わないだろう。

しかし、予想に反してというか、予想通りというか、母親のそれは、ただひたすらに細かな日常の羅列だった。

浩介はビールを口に含んだ。すでにぬるくなったビールの苦みが、これから覗くものを予感させて不味い。

〔時間は五分前で厳守〕〔釣り銭が多かったので返した〕

最初のページに「繰り越し」とあるところを見ると一冊目ではないらしい。〔借りた本をすぐに返した〕〔陰口に参加しなかった〕〔お年寄りの荷物を持った〕。日常の些細な事が、ちまちまと書き込まれている。目を惹いたのはその預かり額で、一〇信、三〇信、五〇信と、少額で細かく刻んでいる。

浩介が電話に出ただけで五〇〇信が加算されていたのに、母親は財布を拾って届けても六〇信だという。〔集会場の掃除の手抜きをしなかった〕〔車が来なくても信号を守った〕〔街路樹の落ち葉を片付けた〕そういう細かな積み重ねも結構な額になる頃、ぽーんと大きな支払いが現れる。〔嘘をついた：一五〇〇信〕。その日付に見覚えがあって浩介の通帳と照らし合わせれば、浩介の借金返済の催促が来た日だった。それと別の〔嘘をついた：三〇〇〇信〕の日付も同様で、浩介が〔大会社に勤めていると嘘をついた〕日になっている。

ばれていることに何故気付かなかったかといえば、浩介が会社の話をしても、母親はいつもふんふんと話に耳を傾けていたからだ。つまりはそれが、息子がついた嘘に気付かぬふりをした事が、母がついた嘘なのだろうか。借金の催促にどのような嘘をついたのかわからないが、いずれにしろ、みみっちく貯めた信用貯金とやらを浩介のために大量に使ったことが見て取れる。

「何だよ、それ！」

浩介は貴実の通帳を畳に投げ出した。

「俺が、いつそんなことを頼んだよ」

誰にともなく声を荒げる。

「勝手に俺を巻き込んでんじゃねえよ。ほんっと、勝手に自分だけでやれよ、そんなこと」

浩介はその場にごろりと横になった。母親のこういう所が嫌なんだよ、と天井を見ながら掌を畳に打ち付ける。

浩介のために、浩介のためにと黙って我慢をしておいて、詰めが甘いもんだから最終的にその我慢が気まずく露見するのだ。とっくに済んでしまった事に詫びも感謝も言い訳すらもし損ない、罪悪感だけが溜まっていくのだ。子供の頃から、何度こういう事があっただろう。息子として、こんな嫌なことはない。

「だったら！　最初から放っておけっていうんだ、畜生」

胸の中でざわめく何かが、畳を打てば消えるかのように、ばんばんと強く叩いた。掌が痛む。それで何かが起こったり変わったりするかといえば何も起こらず誰も応えず、一人で畳を打っている自分の馬鹿さ加減に大きく息を吸い込んだだけだった。

その時、ふいと風が吹いた。

掃きだし窓の、糸でかがった網戸から涼しい風が入ってきて浩介の頬を撫でた。あんなところが繕ってある、昼間は気付かなかった、と眺めるうちに風は次第に確かなものになり、母の通帳をパラパラとめくった。それをぼんやり眺める浩介の目に、もういない母親の文字が並ぶ。

〔お年寄りに席を譲った：一〇信〕

浩介は酔えば優先席にだって我先に座るし、人に何かを譲る事など考えられない。母は違った。

「自分が元気なうちは席くらい譲ればいいじゃない」と常々言っていた。暮らしの中で、正直に誠実に積み重ねる母の感覚が数字で表されている。年寄りに席を譲る事などは、母にとってはこの程度の事だ。

〔残業を断らなかった：五〇信〕

母はいつも疲れていた。父親は真面目に働いて貯金をしたというが、同じくらい真面目に病んだので、それらの多くは医療費になって消えた。浩介が高卒で働くことを厭い進学を希望したとき、貴実はパートの掛け持ちを始めた。平常の勤務だけの時も足を引きずって帰ってきた。その上残業を引き受けることが、たった五〇信であったものか。自分だったら、もっと大きな額をつけるだろう。

風がぱらりぱらりとページをめくり、止まる。

〔浩介の旅費が払えた：二〇〇信〕

大学のゼミの旅行で海外に行くことになり、中途半端で不熱心なバイト代だけでは足りなくて母親に無心をしたことがあった。自分は残業はおろか遅刻や無断欠勤で再三バイト先を変わっていた。そのゼミの旅行にしても、狙っていた女子学生が行くから、という理由で参加したのであって決して必須ではなかったのだ。浩介は旅費ほしさに、行かないと単位が取れない卒業できないと言い募り、母親からそれなりの額をせしめて参加した。

その時に自分が知人に対して発した言葉がごおと耳に響く。

「うちの親、馬鹿だからさ、ちょっと泣きついたら、ぽんって出してくれた」

自分はそれきりそのことを忘れていた。女子学生は、旅先で強引なアプローチをして付き合うまで持っていったが、帰国して間もなく「ずるい」と言われて別れている。それが母にとっては「払えた」感情の大きさが二〇〇信という額で書き込まれている。

またぱらりとページがめくられる。

〔浩介から帰国の電話、礼を言われる：五〇〇信〕

初めての海外旅行で狙っていた女の子と付き合えるようになり、気持ちが高揚して電話をしたのだ。友人が家族に土産を買った話を聞いたせいでもある。五〇〇信の価値などあるはずが無い。それでも、そんなに重要視されているのであれば、母の信用貯金をこんなに簡単に殖やしてやれると知っていたら、もっとかけてやったのに……いや、果たして知ってかけるような自分だろうか。くだらないと一蹴するような自分であるのではなかろうか。

ぱらり、ぱらりとページをめくっているのは、母の手なのではないかと思うほど確実にそれは繰られ、やがて唐突に止まった。

最後の項目は〔道に迷った人を案内した〕だった。残高は一六三，一五〇信。最後にこんなつまらない事を書き込む辺りが、母の人生がいかに地味でくだらないものだったかということを現している。そんなことを考えて天井を見上げた。耳がかゆかったので、こすったら、濡れていた。

「こんなものより、金を残せって言うんだ……」

言葉は頼りなく部屋に響いて、たまらなく一人だと気がついた。

また顔だけを横に向けて通帳を眺める。何のために、どうしてこんな物を作り始めたのか。母親がいない今、もう誰も教えてはくれないだろう。


浩介は、がばっと跳ね起きた。掌で耳や顔を拭うと、通帳を掴んで慣れないサンダルをもどかしくつっかけた。隣家は電気が消えていたが、かまわず呼び鈴を続けて押した。

間もなく灯りがつき「どなた?」と史子の怯えた声がした。脳裏に〔寝ている他人を起こして怯えさせた:マイナス五〇〇信〕と浮かんで怯んだが、どうしても今夜知りたかった。

「お休みの所、すみません。浩介です。聞きたい事があるんです」

「ああ、浩ちゃん。ごめんね、ちょっと待っとって」

しばらくの沈黙の後、慌てて着替えた様子の史子がドアを開けた。

「どうしたの? 何か困ったことでもあった?」

寝ている所を起こされたのだろうに嫌な顔一つ見せない史子に、母が積み上げてきた物が重なって通帳を持つ手に力が入った。

「あの、聞きたい事があって」

「こんな所じゃ何だで、上がって」

「いいえ、ひとつだけ教えてください。史子さんは、母の信用貯金について何かご存じですか？」

「信用貯金……？」

「はい。母が作っていた信用貯金通帳を、どうして始めたとか、何のためにやっていたとか、何でもいいんです。知っている事があったら教えてください」

史子は何かを思い出すように視線をさまよわせていたが、やがて小さく首を振った。

「ごめんね。わからんよう。貴実ちゃん、そんな物を作っとったの？」

がっかりしたのか、ほっとしたのか、小さな石を胃の中にポトンと落とされたように感じた。そうですか、夜分にすみませんでした、と頭を下げドアを閉めた。暗闇に一歩踏み出そうとしたとき、ドアが中から再び開いた。

「浩ちゃん、通帳のことは知らんけど、貴実ちゃんが前に言っとった事があるんだに。貴実ちゃんなあ、自分は浩介に財産は残してやれんで、何が残せるか考えたって。

そんで、信用なら残せるんじゃないか、って思ったって、そう言ったことがあるよう。この辺りで貴実ちゃんの事を信用しん人はおらんに。いつも正直で、誠実で、親切だったもん。私だって、浩ちゃんが貴実ちゃんの子供だって思えば、何か役に立ちたいって普通に思えるもん」

浩介は、頭を下げるより他に何もできなかった。ようやっと「おやすみなさい」と声を絞り出し、そのまま家に帰った。

くしゃみを一つして目が覚めた。畳の上で座布団を枕に朝を迎えていた。背中が痛む。掃きだし窓の網戸には蜘蛛の巣がかかっていた。いつもの習慣でメールやラインの確認をし、顧客へのフォローという名目の、薄っぺらな言葉を調子よく並べた。何通目かでふと、この行いは母親が遺した信用貯金を浪費していると感じたが、すぐにその感覚を追い払った。

寝ぼけた事を。

そういう感じ方の方が馴染みがあるし自分らしい。大体が、これをやらないと仕事にならないし売り上げも落ちる。通帳から目を背けるようにして一通りの返信をし、胡散臭い商売のための伏線をいくつか敷いた。しかし、いつもの倍の時間がかかり、その分嫌な気分の時間も長かった。昨日まで何も考えずにできた一連の行動に対し、爪でコンクリートをこするようなざらつきを感じた。それは浩介にとって歓迎されざる状況であったから、極力向き合わないように無視を決め込んだ。

家は売るつもりで手配がしてある。田舎の小さな古屋故、買い手は期待できないと言われている。家財は処分業者に一切任せるつもりでこちらも手配済みだ。自分は今日中に東京に戻る。そして今までと同じように、つまらない物をつまらない人間に売りつけて見過ぎする。もうこの家に戻ることは無いだろう。

結局、親の信用などでは何も変わらないのだ。性分は変えようと思って変えられるものではない。執着しないと言えば聞こえは悪くないかも知れないが、要は情が薄いのだ。両親の思い出も生まれ育った家も、その後の狭く立ち回った年月に塗りつぶされて何の未練も憐憫も感じられない。浩介は窓を閉めカーテンを半分閉めて両親の位牌を一瞥した。置いておけば、業者が上手に処分をするだろう。

三冊の信用貯金通帳をゴミ箱に投げ入れる。

ゴミ箱の脇に立って、捨てた通帳を見下ろした。しばらくそうしていたが、母親のそれだけを拾い上げて尻ポケットに入れた。

そのまま駅に向かうつもりで家に鍵をかけた。隣家の玄関を横目で見る。昨夜どうして史子の所に駆け込むような真似をしてしまったのだろう。会えば何やら面倒くさいし、このまま帰ればもう会うことも無いはずだ。しかし、母が通帳の中で書き連ねた行動の一行一行が、それでは足りないと言っている。逡巡した結果「ちっ」と舌打ちをして呼び鈴を押すはめになった。

一通りの礼や詫びを適当に言うのは仕方ないにしても、何故か余計な事を言ってしまった。

「弔問客用といただいたビールですが、すみません、自分が飲んでしまいました」

こんな、らしくもない、どうでもよいことを。

昨晩長いこと眺めていた信用貯金通帳が何やら脳に作用してきたとしか思えない。

史子は、ふふっと笑って「あんなの、そのつもりで持って行ったんだもんで、黙ってたってそれまでなのに。正直だなあ。お母さんにそっくりだなあ。」

浩介は、母親にそっくりと言われて顔をしかめる。どう考えても、それは無いいんじゃないかと考える。

俺は、母親のような地味でつまらない人生を送ったりしない。正直だけが取り柄で信用しか残せないというような馬鹿馬鹿しい生き方はしない。

そそくさと隣家を辞して携帯を見れば、由理から絵を買う旨の返信が入っている。

「楽しみ。私も会いたい」

頭の中では早速儲けを数え始めている。逃げ道も検討する。しかし、尻ポケットにある母の信用貯金通帳に見られているようで、なんとも気分が乗ってこない。

東京に帰ったら今度こそ絶対に捨てる、そう考えながら浩介は故郷を後にした。

特別賞

クオロ

八月朔日　壬午

ほつみ　じんご　70代

「しもた！」と云う声を聞いたような気がして、友近さんはズボンの尻で指を拭ってまわりを見回した。気のせいか、と新緑の遊歩道から朽ちかけた木の段々を降り、小さな谷の流れの脇に出た。

すぐ上手には背丈ほどの小滝があり、ここは幅十歩ほど長さ二十歩ほどの洲になっていて、その縁を流れがぐるりと迂回している。周りは雑木の山が迫って空を狭めており、洲の下手の端には大きな岩がごろごろころがっていて、そこでせき止められた小さな淵の端っこの出口からまた勢いよく流れてゆく。友近さんはこの小さく閉ざされたような空間が好きだ。

昔は通る人は少なく、大きなアオサギが首を伸ばしてじっと立っていたり、目の前をカワセミが目のさめる様な青い筋を引いて翔んだりした。しかし近ごろはここを通る人が増えてアオサギもカワセミも見かけなくなった。

□□電鉄の駅から一時間半程この遊歩道を上り詰めると植物園があって、良い季節には通る人が増える。友近さんはその中途に開発された住宅団地に住んでいるので、気が向いたら運動靴を履いて歩きに来るのだ。土日はけっこう人が通るので、平日に出かけるようにしているが、そういう時に限って声の大きい老人の団体に出くわしたりする。こっちも負けんくらいの老人なのだから、文句を言う筋合いなんかないが、くだらん話を大声でうだうだとしゃべりながら歩いて来るのがうっとうしい。

友近さんは去年後期高齢者というものになったがこれにも腹を立てている。なにも七十五才と云う年齢に腹を立てているのではない、コーキコーレーシャなどと云う愚劣な言葉をひねり出して得々としている役人の仕事に腹を立てている。

しかし今日は人にも出会わず気分がいい、まわりを見回すと辛夷《こぶし》も桜も終わって、風の通る新緑の山の斜面に一か所藤の花の淡い紫が揺れている。先ほどから考えている俳句をどう仕上げようかと、ころあいの岩に腰を下ろした。

水を飲もうと水筒を取り出したが、さっきから奥歯に何かが挟まって気になっていたので口の中に指を突っ込んでせせっていると、「ぼちぼち場所を変えるか」と誰かが呟いた。いや、声が聞こえたわけではない、頭の中に言葉が直接入って来たのである。いま思うと「しもた!」の時もそうだった。

周りを見回しても人っ子一人いないが、気のせいにしてはずいぶんはっきりした言葉である。友近さんは近ごろ物忘れもひどくなったし耳も遠くなった、いよいよ幻聴まで始まったかと怪しむが、それほど自分がぼけているとは思っていない。まだ同い年の老人よりはさっさと歩くし、しっかり食べる。知性的に振る舞うことだってできているつもりである。とはいえあまり気持ちは良くないので、今日のところは引き揚げて早めの風呂にでも入ろうかと、よいしょと立ち上がった。

水筒の水を口に含みブクブクとやって吐きだすと奥歯がすっきりした。挟まっていたものがとれたらしい。奥歯のあたりを指で探っていると、…また聞こえた。

「さっきの爺さんどこ行ったんやろ」

さすがにこれはおかしいと友近さんは思った。ためしに口の中に指を突っ込んだまま「爺さんてわしのことか?」と頭の中で呟いてみた。

「エ!」と、すぐ反応があり、今度は何か妙なものが頭の中に滑り込んできて、やわやわと脳みそを探られているような嫌な気持ちがする。やはり何か怪しげなもんが悪さをしよるに違いない。丹田に力を入れて「こら!」としかりつけて口から指を引き抜いた。

脳みそのやわやわはきれいになくなったが、やはり気色が悪い。きょろきょろあたりの様子を見ていると、湾曲した流れの苔の付いた岩のところに妙なものが現れた。

まずごつごつした岩に生えている青い苔が水に触れるあたりに、ゆらゆらとかげろうが立って、その中にビー玉みたいなものがふたつ並んで浮いて出た。

始めはうっすらと青く透き通っていたのが、くるくる動き出したと思ったら、あっという間に目玉になって、その目玉の主の形が現れた。

「河童や！」友近さんはびっくりして身構えた。

大きな岩につかまっているそいつは、岩やそれについてる苔とそっくりの色模様で、大きさは人間でいうと五つ六つの子供くらいである。

「あ、お爺さんお爺さん、悪さはしませんから乱暴せんといて下さい」と云いながらいつでも水の中に跳び込んで逃げる体勢で、おかしいのは言葉ははっきり聞こえたのに河童の口は動いていない。ともかく相手は小さいし、向こうの方がびびっているとわかったから、友近さんは態度を変えた。

嵩にかかって「なんや河童、テレパシーでも使うてるんか」とあてずっぽうを云うとそいつはうんうんと頷いてとんがった口の両端をぐにゃりと引き上げてみせた。

「おいおい、気色悪い顔すんなよ、それ笑うてるつもりか」と、つい声に出して話しかけるが、友近さんにしてみると悪い夢でも見てるんやないかと不安でもある。すると、まわりに人はいませんから、気にせんと心の中で何か云うてくれはったら聞こえます、と友近さんの心の中を見ている河童がいう。

「へー…河童と人間はテレパシーが通じるんか」

「そうです、お互い相手を見ているときはテレパシーで話ができますねん、ところでお爺さん、ここは人が通りますから、どこぞゆっくり話のできるところへ移りまへんか」

「それはかまへんけど話のたんびにお爺さんお爺さんはやめてくれ。わしの名前は友近源太郎、トモチカはんとでも呼んでくれ」

河童はクオロと名乗り、お互いトモさんクオちゃんと呼び合うことにして場所を変えることにした。友近さんは河童が何か悪さをたくらんでるんやないかとも思ったが、それはそれで面白いと開き直って、昔見つけた秘密基地に連れて行くことにした。

すぐ上手に見える小さな滝の脇に左下桑畑《しもくわばた》、右上桑畑《かみくわばた》と彫られた古い石の道標があって、上桑畑の方に行くには左岸の遊歩道から一旦川床に降りて小さな流れを飛び石伝いに渡ってから右岸によじ登るのだが、元はここに木橋が架かっていたのだろう、両岸に石組みが残っている。右岸に上がり、草が茂って消えかけた道をしばらく行くと、左手に小高い砦のように突き出た高台があり、上は十坪ほどの平地《ひらち》になっている。立ち木につかまりながら斜面を遠回りしてよじ登ると下からは死角になっているのである。

クオロを引っ張り上げて、

「どや、わしの秘密基地や。と云うてもここまで来たんは一年振りやけどな、誰も来んからゆっくりできる。えらい草が伸びて夏は藪蚊がうるさいけどな」

「トモさんはお歳のわりにえらい元気ですな、自分らは実を云うと水の中でこそすばしこいけど、水から離れたらあきませんねん。一時間も水なしやったらへたってしまいます。さっきの洲からもう十分は経ってますから、ここに居れるのは安全を見て三十分程と思うといて下さい」

「よっしゃ分かったともかく一服しよ、水飲むんならわしのん分けたるで」と水筒をとりだすと

「そら有難い、ちょっとでよろしいからここに垂らして下さい」と、おわんにした水掻きの付いた小さな両手を差し出した。頭にかけて「Ｑｒｒｒ！」と奇妙な喜び方をする。

三十分弱の時間だったがクオロは面白い話をした。

先ず河童は水に入っているときは完全に透明になるらしい。だから水中の河童を人間が見ることはない。ただ河童自身も視力を失う。つまり目玉のレンズが光を屈折させる機能を失うし、網膜そのものが素通しになってしまうのだ。

クオロは、水は河童にとって心身の故郷であると云った。

このことは理屈や経験、教育で理解したことではなく、遺伝情報に仕組まれているように物心ついた時には既にそう心を持っていた。だから河童は水に入ると水に同化

して、水の流れに従い、遊び、水そのものになって生を愉しむ。河童の体の97％は水で、死ねば直ちに水が流れ出しわずかな体組成は分解し、水の中では魚の餌になり陸上では風に吹かれて塵屑になり虫の餌にもなって跡形も残らない。河童にとっての死とはすなわち故郷である水に回帰する事であるから、河童は死を怖れたり忌み嫌ったりしない。

水から出れば皮膚は自在にまわりの景色に合わせて変化させることができる。初めに現れた時は苔の着いた岩にそっくりであったが、今はたしかにまわりの草に紛れている。見事な保護色だ。

意思の疎通はすべてテレパシーで、河童は会話のための音声を持たない。お互いの心の中が見えるので嘘の生まれる余地が無い、そもそも嘘と云う概念が河童には無いらしい。

「へー、ほんなら河童の世界では嘘も方便も詐欺も浮気もなしか、それにガイネンなんて難しい言葉も使うんやな」

「いえ、それは自分が考えを送ると、トモさんの頭の中で言葉になるんで、言葉そのものはトモさんの持ったはるもんの中からトモさん自身が取り出して聞いてはるんです」

「なんかややこしい話やけど、テレパシーちゅうもんはそんなもんかいな。それよりなんでクオちゃんとわしの間でテレパシーが通じたんやろ」

その点はクオロも不思議がって、トモさんは何か特殊能力があるのではないかと云う。自分は確かにヘンコツじじいには違いないが特殊能力など持っていないと友近さんは云ったが、ただ思い当たることが無いでもない、奥歯である。

初めに「しもた！」を聞いた時も、二回目に「ぼちぼち場所をかえるか」を聞いた時も奥歯に挟まったものが気持ち悪くて指を突っ込んでいじっていた。偶然あれがアンテナになってクオロの呟きが届いたとすれば辻褄が合う。

「初めはうっかり昼寝しとって、トモさんがついそこまで来てるのに気が付かんで慌てて水に跳び込んだんですよ、それから自分が水の中で独り言を云うた時、トモさんがわしの事かと訊き返しはって、びっくりしてトモさんの頭を探りかけたら、こら！云うて怒らはりましたやろ、あれにはたまげましたわ」

「あゝ、なんか脳みそをやわやわ撫でられたみたいで気持ち悪かったな」

念の為試してみるからと、クオロに目をつむるように云い、口の中に指を突っ込んで奥歯のあたりを押しながら、さっきから捻(ひね)ってる俳句を頭の中で

――　浮雲や木魂を返す山の藤　――とやってみると

「あらら、ほんまや、こんな上手にテレパシー送る人間初めてですわ」と感心して、奥歯がテレパシーの受発信アンテナらしいと云うことが分かった。ところでこれ人間にも通じるかと聞いてみると、それはできないし仮にできたとしても人間には向いてないという。

人間は正直を美徳としているくせに嘘を許容する。隠し事の無い人間は居ないし、良いにつけ悪いにつけそれが人間関係を複雑にし、面白くもしているというのである。それに引き替え河童の世界は単純で、家族は持たず群れも作らないので政治も無い。河童同士が関心を持って語り合うことがあるとすれば、死に方と、年に一度の繁殖イベントくらいという。

友近さんは河童が人間をよく知っていることには感心した。河童の関心事である繁殖と死に方の話をもっと聞きたいと思ったが、クオロがそわそわしだした、時間切れらしい。ほんなら今日はここまでにしとこう、俗な人間とくだらん話するより楽しかった、こんどいつ会える？と水筒を出し

「ほれ、水がもうちょっと残ってるから頭を出し、皿に懸けたげよ」

「Ｑｒｒｒｒ！　気持ちええ、おおきにおおきに、だいぶん元気が出ました。次ですけど、自分は事情がありまして、先の約束が出来ないんですよ。四五日うちには連

絡します」

「じ、事情てなんや、連絡て……どないして連絡よこすんや、ケータイ持ってる訳やなかろ」

「大丈夫です、使いを遣りますから。自分はちょっと急ぐんでテレパシーもブロックして姿をくらまします、トモさんは後からゆっくり引き上げて下さい」

と藪に紛れ込んだクオロは、もうどこに居るのか分からない。

「ちょっと待ち、使いを寄越すてわしの家も知らんやろ、どうすんねん」

―「云い忘れてました、一日一回例の奥歯を押してください、一回でいいですよ」―

それっきり砦の秘密基地には何の気配も無くなり、友近さんは一人になってしまった。

― さよならと友の去りたる薄暑かな ―

とまた一句メモして、今度クオロと会うまでにこの秘密基地の手入れをしとこ、と腰を上げた拍子に頭がクラッとしてしゃがみこんだ。ほんのしばらくそうしていたような気がする。いや五分か十分眠り込んでいたかも知れない。

「お帰り、今日はゆっくりやったね、どこまで行ってたん」と云いながら、妻の松子さんは友近さんの様子がどことなくおかしいなと思っている。明日も行くから握り飯頼むと云った友近さんの目は、確かに自分の方を向いてはいるが、焦点はどうも自分より後ろの方に合ってるみたいな気がする。

「なんかあったん、目つきがちょっと違うみたいやけど」

「どうもせえへん、昔見つけといた秘密基地が草ぼうぼうやったから、草刈りして居心地ようしようと思うたんや」と云いながら、やっぱりヨメはんとテレパシーが通じるなんて、とんでもないこっちゃと納得する。

それから三日がかりで秘密基地の草を刈り、そこらの竹や木を切って、棕櫚縄《しゅろなわ》で縛って枠を組み立て、刈ってきた笹を囲いや屋根にして日よけをこしらえた。

「ええのが出来た、クオロと会うのにちょうどええし、一人ここでぼーっとしてるのも良さそうや」と友近さんはご機嫌である。


四日経ったがクオロから一向に音沙汰がない。使いを寄越すといったが、住まいをどうやって探し、どういう使いを寄越すのか見当もつかない。一日一回寝る前に例の奥歯を押して「クオロ」と頭の中で呼びかけているが、何の反応も無い。何か事情があるとか云っていたが、困ったことになっているのではないか。しかもテレパシーをブロックして姿をくらますなんて穏やかではない。

友近さんは山での力仕事を片付け、夕方からゆっくり風呂に入ってそんなことを考えている。河童は湯に入っても透明になるんやろかなどと湯船に足を伸ばしていると、風呂場の窓に何かがコツンと当たった。

なんやろかと思っているとまたコツン、コツンと繰り返す。カナブンのようだ。窓の明かりに誘われてきてぶつかっているらしい。もうそんな季節になったのかと湯船を出て、頭から湯をかぶりシャンプーで泡立てた髪の毛を両手の指で掻き回し、頭の地肌をごしごしこすってシャワーで洗い流す。

タオルに石鹸をぬり付けて体を洗おうとすると、まだ窓にコツコツ当たる音がしている。

「あ!……」と気が付いて友近さんはあわてて桶でじゃぶじゃぶ手を洗い、まだ石鹸の味のする指を口の中に突っ込んだ。

「アスゴゴトリデヘアスゴゴトリデヘアスゴゴ……」

単調な言葉の繰り返しに、あわてて奥歯の指に力を入れ直し、

「ワカッタワカッタ」と返事をして耳を澄ますと窓にあたるコツコツは止まった。

翌朝、友近さんが風呂場の窓とブロック塀の間の通路を調べてみると、つやつやした緑色のカナブンが一匹転がっている。そっと拾い上げて部屋に戻り、紙に包んでおいた。

早めの昼食をとって、行ってくると松子さんに声を掛け、冷やした水を満タンにした水筒と、ペットボトルの水を一本、それと紙に包んだカナブンの死骸をウエストポーチに入れて秘密基地に向かった。

松子さんは友近さんの目つきが二三日前からもとに戻っているので安心して行ってらっしゃいと声をかけ、テレビをつけて韓ドラのチャンネルに合わせる。

友近さんがわくわくしながら遊歩道まで来ると、もうほととぎすが盛んに鳴いている。滝の脇の道標まで一時間足らずで来た。今日は土曜日で人が多い、駅から植物園を目指す人と何組かすれ違い、道標の前で人が途切れるのを待って川床に下り、対岸をよじ登って秘密基地に向かった。

なんとなく気配を感じていたが、砦に登ってみると、こしらえておいた日よけの下でクオロが座って笑っている。気色悪い笑顔にもだいぶ馴れた。

「クオちゃん、どないしてたんや心配したで、事情の方は片付いたんか、それよりどやこの小屋は、わし一人でやったんやで」

「いやあ大したもんです。事情ちゅうのはうっとうしい話やけど、繁殖期をとうに過ぎたというのに一匹のしつこい雌に追っかけられて逃げてたんですわ。」

「なんやクオちゃんもてるんやな、ほら、水を一本余分に持ってきたから一時間位ゆっくりできるやろ」とペットボトルを渡してやる。

「うわー、トモさん嬉しいな。自分はね、子供のころから人間は傲慢で慾張りで嘘つきで、その上すぐ暴力に訴えるから近づいたらあかんと聞かされてきましたけど、トモさんみたいな人間も居るんやね」

「えらい評判が悪いけど実際その通りや。年寄りだまして大事な金をかすめ盗るやつが居るし、役人の弱みに付け込んで国の土地を何億円も値引きさせて買い取るやつも居る。まだあちこちで戦争しよる国もある」

そんなことよりと、紙に包んだカナブンを取り出して見せてやると、クオロはひょいとつまんで口に放り込んだ。

「あ、あ、何すんねん、そいつが昨日クオちゃんの伝言を伝えに来てくれたんやで」と、あっけにとられていると
「これ好物ですねん、こいつも多分どこかに子孫を残して役割を果し、立派に一生を終えたんやから、十分敬意を払うた上で頂くんです」と呑み込んでしまう。

「河童はそんなもん食ってるんか？それにどうやってそいつにわしの家を教えたんや」

河童の体は水ばっかりで、エネルギー代謝が人間と比べたらきわめて低いから、あまりものを食べない。日にせいぜいミミズ三匹か、今みたいな虫なら一匹で十分、あとは水辺に生えてる草の葉っぱを食べるくらいとクオロは云い「トモさんの家をカナブンに教えたわけやありません、近くにおる虫に短い伝言を擦り込むと、その虫が伝言を振りまきながら飛び回り、蜂でも虻でも蚊でも蠅でも次々近くを飛んでる虫に伝染して拡がってゆくのです。その輪の中にに入りさえすればどこに居ても伝言を聞くことができます。つまりトモさんが奥歯を押せばそこらを飛んでる虫から伝言が拾えるわけです」

「…インターネットやないか…」友近さんはあんぐり口を開けていた。

クオロがその日話したことは不思議なことに、いつでもどこでも暗誦できるほど一字一句友近さんの記憶に残っている。生死、繁殖、信仰、芸術、文化、歴史など多岐に亘るがクオロとの約定によって内容を明かすことができない。

友近さんはクオロの話を聞きながら眠ってしまったらしい。どのあたりで眠ったのか分からないが、クオロの話した言葉は刷り込まれたように友近さんの頭の中に残った。途中でクオロが冷たい小さな手のひらをぺたりと額に当てたのもうっすらと覚えている。その時はまわりの木や草が、さわさわと何かしゃべりかけてくるように感じて、とてもいい気持ちになった。

頭の上で鶯が鳴いて友近さんが目を覚ました時にはクオロはもう居なかった。どのくらい眠っていたのか分からない。まだ頭の中には靄がかかっていて、まわりに言葉が飛び交っているように感じるが、それが木の葉のそよぎなのか、近くに潜んでいる小鳥のさえずりなのか分からない。

帰ろうと水筒の水を一口飲んだらまた頭の上で鶯が「ホーホケキョ」と鳴いて、今度ははっきり目が覚めた。

句帳を取り出して

—すぐうへに夏鶯の来て鳴けり—

とまた一句メモした。

ただいまと家に帰ると松子さんが友近さんの顔を見て妙な顔をした。そして何か云ったようだが、友近さんには「にゃごにゃご」と猫の鳴き声のようなものが聞こえただけである。

「うん？」と聞き直すと「にゃ〜ごう」とやっぱり猫である。

こりゃ妙なことになったと思った。松子さんは心配そうな顔をしているが、話しかけると余計にわけの分からんことになりそうなのでそのまま自分の部屋に入って頭を冷やすことにした。クオロが何か悪戯《わるさ》をしたのかもしれん。

友近さんは深呼吸を一つして「風呂は」と松子さんに声をかけてみた。やっぱり「にゃお」だ。なんとなく「どうぞ」と云ったような気がしたので、居間に戻りパジャマとパンツを箪笥から引っ張り出して風呂場に回るとちゃんと風呂が出来ている。松子さんは首をひねりながら、こちらをこっそりうかがう様子で食事の支度をしている。

湯船に長くなった友近さんはもう一度深呼吸をしてから口の中に指を突っ込み、奥歯をぎゅっと押さえて「おいクオロ、大至急連絡よこせ、ヨメさんが猫になっとる！」と宙をにらみつけて言葉を送った。

松子さんは友近さんが風呂に入ったのを確かめて、東京にいる娘に電話をかけている。

「今お父さんが山から帰って来てお風呂に入らはったんやけど、やっぱりおかしいんよ。先週ちょっと云うたでしょ、目の焦点が合うてないし、狐でも憑いたんちゃうかと思うほど顔つきも変わってな…」

話しかけても言葉が通じてないみたいやし、返事がかえって来ても何を云うてるのか分からんので心配やというのに、娘はあのお父さんが急にそんなにぼけるはずがない、しばらく様子を見てあまりおかしかったら医者に連れて行けと云う。医者に行けと云われてもどんな医者にかかったらええのか分からん、急に暴れ出したりしたらどうしようかと、松子さんの心配はエスカレートするばかりである。

友近さんが風呂から上がってパジャマを着ていると台所の方から声が聞こえて、耳を澄ますと妻がにゃごにゃごにゃーにゃーと誰かと話している。どうやら電話らしい。と云うことは猫語をしゃべるのは松子さんだけではないということになる。それなら自分の言葉は松子さんにはどう聞こえているのだろう、そう云えば山から帰った時妙な顔をした。

クオロが返事を寄越してないかと口の中に指を入れて奥歯を押してみるが反応はない。

台所からは旨そうな肉じゃがの匂いがしてくる。腹も減ったが松子さんにしゃべりかけると猫の言葉が返ってくるんやから二の足を踏んでしまう。

それでもそろりと台所に行くと、テーブルに旨そうな茄子の浅漬けが一皿載っている。一切れつまんで口に放り込むと「にゃーごう」と叱られた。慌てて退散しながら、程よい酸味の茄子を噛んでいるとまた皮の固いところが歯に挟まった。

「やれやれ、またや」と小指の爪で奥歯をせせっていると…来た…「ニワニデルニワニデルニワニ……」

友近さんはあわててパジャマのまま庭下駄をつっかけてまだ明るさの残っている庭に出た。生垣の根方の薄暗がりに、うすっぺらな花びらを頼りなげに広げている著莪(しゃが)の花に吸い寄せられるように寄って行き、顔を近づけるとブーンと羽音がして額にチクッと痛みが走った。

「アイタター!」と叫んで叩き落とすと大きなアシナガバチだ。庭下駄で踏み潰していると、電話を途中で放り出した松子さんが「おとーさん!どないしたんですか」と血相変えて出てくる。

「蜂に刺されたんや、なんか薬出してくれ、アンモニア水かなんかあるやろ」

「あっらー、えらいこっちゃ、おでこが真っ赤に腫れてきた」

「…あれ?」友近さんは松子さんと顔を見合わせた。

…話が通じてる…心中ほっとしながら手当を済ませて「ビール冷えてるか」と云うと、松子さんはいそいそと冷蔵庫から缶ビールを取ってきて「はいどうぞ」と何時になく優しい手つきである。

友近さんはよく冷えた缶ビールをおでこに当てて、暮れなずむ狭い庭で「痛い目にあわせやがって」と、内心クオロに悪態をつきながら表の通りを見たら、まだ灯の点いていない街灯の柱の上に止まっているカラスと目が合った。何気なく舌の先で奥歯をおさえ「おいカラス」と頭の中で声をかけてみると、カラスがにやりと笑い「クオロにやられたな」と云って黒い翼をゆっくり広げて飛んで行った。

…カラスが……あんぐり口を開けた友近さんは、こりゃ面白いことになって来たぞと何とも云えずいい心持ちになっている。

松子さんの方は娘にひそひそ声で「おとーさんが庭で蜂に刺されて、もとに戻らはったみたい、よかったー」と電話の続きをしている。

特別賞

縁側の日だまりに

仁志村　文

にしむら　ふみ　70代

私も、そろそろあちらに逝ってもおかしくない齢となりました。長居はほどほどと思いつつ儘にはならず、天気の好い日は縁側の日だまりに、うつらうつらしています。この齢になると、昨日のことはおろか、今朝方のことでさえあやふやにしか思い出せないのですが、昔のことは案外に覚えているものです。大方の年寄りと同じに私の脳も、古いことばかりを大切にしまいこみ、新しいことを並べておける器を切らせてしまったのですねえ。つい先日、散歩の途中に出会った知人との立ち話に、「過ぎたことは、どれも不様で思い出したくもないのですがね」と私が口にすると、「古い昔の諸々も、そのうちすっかり忘れてしまうから」とその人は言いました。それはそれで恐ろしい。つらいことなら忘れたほうが楽には違いありませんが、古いことも新しいこともみんな消えて、私はもぬけの殻になるのでしょうか。すでにそれに侵されはじめているかもしれません。試しに、最初の夫の顔を思い出してみました。それから二番目の夫、そして三番目の男、顔の輪郭までくっきり浮かんできます。この顔もいつかは忘れてしまうのでしょうか。

最初の夫は中学校の同級生でした。出会いは十年ぶりの同窓会、たまたま座った席が隣り合わせとなったことがはじまりです。座る席がひとつずれていたなら、それから先の私の人生はぜんぜん違ったものになっていただろうと思うと、ただ何とはなく過ごしている日常が恐ろしくなってきます。見えない分かれ道が幾つもあって、いいも悪いも知らないままに曲がってしまっているかもしれません。そもそも私は同窓会に出席のハガキは出したものの、行くか行かないか前日まで迷っていましたし、夫は夫で急な仕事が入り、同窓会へは欠席せざるをえなかったところを、これもまた急にその仕事の延期が決まり土壇場で出席できたということでしたから、夫と私の出会いは思いもよらない縁としか言いようがありません。

「きみ、このクラスにいた?」

「ここは同窓会よ。いないはず、ないでしょ」

最初に交わしたのは、まるで初対面のようでした。私も彼の顔に見覚えはなく、成績は中くらいの男子生徒だったのではないかと想像しました。よくできるか、ぜんぜんできないか、そのどちらかなら目立ちますから。おそらく在学中には一度も話をしたことがなかったのだと思います。髪をきちんと七三に分け、青いスーツにストライプのネクタイ、顎のひげ剃り跡がさっぱりとして、まだ駆け出しの真面目な勤め人、そんなふうでした。

「へえ、こんなきれいな人がいたんや」

大袈裟に冗談めかして言われました。もちろん真に受けてはいませんが、このひとことは私の気持をほぐし、そのあとの会話が弾んだように思います。どんな話に盛り上がったのか、帰り際、次のデートの約束にOKしていましたから、よっぽど気が合ったのでしょう。それからのペースの早さは、今思い出すと少々節操を欠いたものではなかったかと恥ずかしくなります。同窓会から一週間後には海の見えるレトロな西洋風レストランでの食事でしたが、そのひと月後にはホテルのベッドの上に胸元あたりをタオルで隠して裸で並んでいました。今の時世ならこんなこともよくある話かもしれませんが、当時はまともな女性ならこんなことはしません。しかし派手なネオンが煌いていたホテル街には文字通りホテルだらけで、辺りは人の気配のあるような、ないような、毎夜どんな人が出掛けていたのでしょうか。案外にまともな人もいたかもしれません。それから半年後には私の苗字は彼と同じになっていました。慌ただしく準備に追われる中で、彼には良からぬ噂もあると耳に吹き込んでくる人もいましたが、妬みとしか聞こえず、私の目には周りのどこもが輝いていていて眩しくて、何も見えていなかったのかもしれません。

私の両親は数年前に病で相次いで亡くなり、それ以来、遺してくれた小さな二階家に、ひとりっきりで住んでいました。たまに近くに住む又従妹の朝子が顔を見せてくれるぐらいで、めったに訪れる人はなく、夜の暗闇や不審な物音や縁側の雨戸や戸締りや、前庭を掠めて過ぎる人の影や不意にやってくるセールスマン、そんなことにもびくびくしていましたから、夫と暮らしはじめて、それは一変しました。張り詰めていたものが和らぎ、爽やかな風に思わず目を細めるような穏やかな滑り出しとなりました。ところがそれを無残にも断ち切るように、天も酷なことをするものです。夫は通勤途中の路上で突然倒れ、あっけなく逝ってしまったのです。輝いていた私の周りにいきなりの暗幕です。夫の脳の血管に異常があったとは、そのときはじめて知りました。でもそんなに急に逝ってしまうほどの症状だったのかどうか、救急車の到着が遅すぎたということはなかったのかどうか、適切な医師によって適切な処置がきちんと施されたのかどうか、何もかも不明です。そのとき息子はまだ乳呑み児でした。

夫は平凡な勤め人で真面目によく働き、子煩悩でやさしくて、とてもいい人でした。共に暮らしたのはたったの二年、蜜月も冷めきらないうちに逝ってしまいました。私の心に残る夫はいつもいい人です。いい人でなかったときはなく、いい人でない夫を想像することもできません。この気持が揺らぐことは決してないと信じていますが、もしも夫が死なずに助かっていたとしたら、さらにうんと長生きができていたとしたら、それでもずっとこのままいい人を貫き通すことができたのでしょうか。

形ばかりの簡素な葬儀がすんで、まだいくらも日の経たないころでした。見知らぬ女の訪問を受けました。幼稚園のスモックを着た女の子を連れています。胸には桜の花の形をした名札がぶら下がっていました。

「もっと早くに伺うつもりでしたそのうちに、ええようにするから、悪いようにはせえへんと、止められて」

女は玄関先でここまで言うと、喉元をつまらせハンカチで口元を覆い、次に目頭を押さえました。仕草は色っぽいといえなくもありませんが、私よりはだいぶ年上のようです。化粧の濃い分、目尻のしわが目立ち、きれいにセットされた髪は明るすぎる茶色、低く締めた帯が水商売を思わせました。

「この子の父親は・・・」

女はそう言うと女の子に目をやり、それから私に視線を向けました。

「驚かんといてください。この子の父親は明夫さんなんです」

女が口にしたのは、夫の名まえでした。

いくら驚かんといてくださいと言われても驚かないわけにはいきません。女の子は幾らか緊張気味に私の顔をちらと見上げ、私と目が合うとすぐさま俯きました。目と目の間隔が広く、夫とはまったく似ていません。

「冗談ですよねえ」

私は上ずった声にならないように、ぐっとお腹に力を入れて低い声を出しました。玄関の一段高い敷居の内側に突っ立ったまま女を見下ろす形です。

「それはあんまりな」

女が古めかしいガマ口型のハンドバッグをパチンと開けて、中から取り出したのは一枚の写真でした。女の横に、赤ん坊を抱いた若い男が写っています。夫に似ていなくもありません。

「これが、何か?」

私は少なからず動揺していましたが、必死に冷静を装います。

「だから、この人が父親なんです、明夫さんです」

「それを信じろと?」

「信じろもなにも、父親なんです」

女は必死に縋るような視線を向けてきます。

「この人が父親と、なんで分かるんです?」

「写ってるのは、明夫さんでしょうが」

女は写真を指差します。

「写ってると、父親なんですか」

私はぜったい引くまいと腹に決めました。後半と言えどもまだ二十代、こんなに強気に対峙できた自分に驚いています。

「他人の赤ん坊を抱いて写真を撮るような男がいますか、これ明夫さんですよねえ」

女の息が少し荒くなってきたのを感じます。

「顔の似ている人など、世間には万といます」

私は言いながら写真を女に突っ返すと、女の赤く潤んでいた目がみるみる三角にとんがっていきました。

「この子は、あんたの子と正真正銘の姉と弟なんやから、証拠になるもんぐらい、ほかにもある。持ってきたる、待っときや！」

女は急にぞんざいな物言いになって吐き捨てるように言うと、女の子の手を引っぱるようにして帰っていきました。

私はそれから何日も、女がどんな証拠を持って現れるのか、ひやひやする日を送っていましたが、結局はそれっきり現れませんでした。証拠になるようなものは何もなかったのでしょう。今なら、DNA鑑定とかがありますが、当時にそんなものはありません。あったとしても私にそんな知識はありませんでした。

今ではあの幼稚園児だった女の子も五十を越えているはず、名札に書かれていた名まえは覚えていません。父親は誰なのか、今ごろになってちょっと関心が湧いていますが、探しようもありません。もし訪ねてきたら、今なら部屋にあがってもらうでしょうに。いきさつをじっくり聞いてみることはするでしょうに。ほんとうに息子とは腹違いの姉弟なのかどうか。夫は女の子の存在を無視したまま平気で私と暮らしていたのかどうか、それとも女の言ったことは、ぜんぶまるっきりの嘘っぱちで、まんまと騙して何がしかの金品をとでも思っていたのかどうか。分かりません。

二番目の夫は世話をする人がいて紹介されて知り合いました。外聞では評判のいい左官でした。写真では見るからに男前で、それも初婚、そんな男がなんで子持ちの私と、と訝しく思いました。世話人の「腕のいい左官は変わりもんが多いけど、女には奥手」と言うのがなかったら、会うことはせずに断っていたと思います。亡くなった夫にすまない気持もありましたし。

その日、息子を朝子に預けて、男と初めて会いました。写真で見たとおりのいい男でした。太い眉をきりっと上げ、通った鼻筋、目も口元も形がよくて、ちょっとした俳優にもなれそうなくらいです。お酒を少し呑み、和食の夕食を取ったあと、柄にもなく月がきれいだというので、そこらあたりを散歩することになりました。公園の中へ誘われて暗い方へ暗い方へ連れていかれるのに気づいていましたが逆らうこともせず、いきなり下草の上に押し倒されたときも大して抗いませんでした。犯すには、た易かったことでしょう。私は浅はかにもそれらの一連の男の行動が嫌悪になるどころか、男の逞しさと勘違いしてしまいました。今は亡い夫とは毛色の違う頼もしい男に見えたのです。愚かなことでした。公園の草むらといい、乱暴なやり口といい、ほんの少しまともな目があるだけで、この男の卑しい素の根性を見破れたでしょうに、鈍感にも、ほとんど快くともいえる反応で応じた私は情けない人間です。長いあいだ返す返す口惜しい思いを引き摺りました。

この二番目の夫となった男は、いっしょになってすぐに素を出しました。外面はよく内面の悪い人間の典型で家ではいつも不機嫌で、一銭も家にはお金を入れず、ぜんぶ自分の遊びに使うような人でした。

「オレはなんでこんなに持てるんやろなあ、選り取り見取りやがな。女に不自由してる奴の気が知れん。この家は差し詰めオレの休憩所、都合のええことに、洗濯女もおるしなあ」

と汚れた下着を投げてよこします。

「おまえの顔は造作の大失敗、真っ暗闇の公園でもないのに抱ける奴は、よっぽどのマニアやでえ」

とにやにやしながら言われて包丁を握りしめたこともありました。きれいな女の人がその自分のきれいなことを鼻にかけるのは、まだ見ておれますが、男の人が自分の男前を意識して鼻にかけたりすることほど醜いものはないというのを目のあたりにしたように思います。

「なんで他人の子を俺が喰わさなあかんのや。目ざわりなやっちゃなあ」

一銭のお金も入れたことがないのに、えらそうなことを言い、四才になったばかりの私の息子を蹴りつけることがあって、もう許すことができずに別れました。同じ屋根の下に暮らしたのは、たったの半年ほど。帰らない日も多くあって、実際にいっしょに過ごしたのは短い時間です。とつぜんに発生したつむじ風が砂を巻きあげて、さっと通り過ぎていったような、ほっとする気持になれました。出て行ったあと奥の間の桐箪笥から、母の形見の着物がなくなっているのに気がついて、包丁を振りかざしてでも取り返したい衝動にかられましたが、あれは手切れ金と諦めるようになりました。母には（大目に見てください）と、毎朝、手を合わせています。亡くなった夫には、（あんたが死んだりするから、ずっといてほしかったのに、なんで逝ってしもうたんよ）そう呟きながら手を合わせています。

それからは息子とふたりだけのつつましい暮らしでしたが、風の凪いだ穏やかな日々でした。製麺工場で朝早くから夕方まで働いていた私は、休日に息子とゆっくり食べる食事時は待ち遠しいものでした。人参やほうれん草、魚のあらの白い身や豆腐のおみそ汁、彩りだけが豊富な粗末な膳で、息子の話す一週間の出来事に耳を傾けました。思い起こすと、息子が私に話しかけてくるというような、そんな微笑ましい情景はあのころが全盛で、それからだんだんに下り坂に減っていき、とうとうまともに向き合うことすらなくなってしまいました。その途中、私はそれに気づけていたのでしょうか。

あのころは食事が終わると、息子が私を気遣って小さな手でお茶わんを洗ってくれようとしたりして、そんな仕草が可愛くて愛しくて倖せでした。そんなつつましいなりに穏やかな暮らしができたのは、朝子が何かにつけ手を貸してくれていたことが大きかったと思います。朝子とは姉妹のように親しかっただけに、大して気も遣わず当たり前のように、私の都合だけで夜であっても息子の面倒を頼んだこともあったのではないかと、ずいぶん助けられたものだったと今になって思います。ふつう世間では、又従妹などといえば親戚と呼ぶには遠すぎて、付き合いなどもないことが多いと思いますが、朝子とは家が近く幼いころからよくいっしょに遊びました。ふたつ年下とはいえ、躰は大きく走ると早く力も強く、私は駆けっこにも指相撲にも勝てず、それが気に入らなくて、朝子の顔の黒いのと、ぺちゃんこの鼻のことをよくからかいました。すると朝子のお母さんが私といっしょになっておかしそうに笑うので、私は調子に乗って朝子のほっぺたを白いクレパスでぬったりもしました。それでも朝子は私にくっついて離れたがらず、お互いに成長しておとなになっていくにつれ、気の合う姉妹のような親しい間柄になっていました。のちに知りましたが朝子は父親の連れ子だったそうで、私とは薄い血ですら繋がっていません。彼女にはあとに弟が生まれ、おむつを替えたり負ぶい紐で背中に背負わされたりして、それが少しもいやそうではなく、むしろ嬉々としていて、私も興味半分に背負わせてもらったことがあります。赤ん坊は意外に重くてクロスした紐が胸に食い込んで、幾らも歩けません。朝子は家で頼りにされていたのでしょうか、それともいじめられていたのでしょうか。あのころはまだ小学生だったと思うのですが。

息子と私のふたりきりの快い暮らしは順調に回りつづけ、息子は少しずつ確実に伸びていき、その先に不安が全くなかったわけではありませんが、この穏やかな日々に水をさすつもりなど私にあるはずはなく、製麺工場での立ち仕事のきつさや、それに見合わない給金の低さに文句を言いながらも笑い飛ばして坦々と、息子とふたりで暮らしていければそれでいいと思っていました。心からほんとうにそう思っていました。

これを潰してまで得られる倖せなどあるはずはなく、あってても知れたものです。そんなふうに心底から思っていました。ところが私は懲りない質なのでしょうか。それとも隙だらけなのでしょうか。もの欲し気な目をしているのでしょうか。知らぬまに男を誘っているのでしょうか。止せばいいものを、新しい男ができていました。それも五つも年下、市場の青物屋で働いている男でした。浅黒い肌に短く刈った髪が似合います。笑うと白い歯が際立ち、柔らかな視線が人柄の好さを感じさせました。学校はろくすっぽ出ていないと自分で言っていました。正直で陽気で愛想がよく、こっそりトマトのおまけをしてくれたりして親しくなっていきました。たまに男の手が偶然のように私のお尻のあたりに触れたりすると、私はなぜか嫌な顔をできずに笑っていました。男は非番の日に、形が悪いだけで売り物にならなくなったキュウリや大根や人参をどっさり自転車に積んで訪ねてくるようになり、

「味は変わらん、そやけどただや」

そう言って勝手口に置いて帰っていきます。ドアから身を乗り出して中を覗いて息子がいたことにちょっと驚いたようでした。

それは時間の問題のようにも感じていましたが、とうとう一線を越えてしまいました。野菜の一時保管の倉庫の中で、空になったキャベツのダンボール箱をぺしゃんこ

にしてベッド代わりにしました。ところがことがはじまってすぐに、倉庫の扉の外で人の足音がして、慌てて中断したせいで満たされない気持が一気に膨らんでしまい、それが誘い水になったのか、深夜に密かに会うようになりました。男は夜も明けきらないうちに仕入れのために出発しなければならず、寝坊しないかと心配なようでした。私は私でひとり家に残してきた息子が私の行動に気づきはしないかと気掛かりでした。会うたび慌ただしくて落ち着かず、だったらと、暗黙のうちに男は私の家に転がり込んできたのです。私はこんないい関係はないと思っていました。何の損得もなく、自然に魅かれ合ってお互いにお互いが大事な人となったのです。男が実際の齢よりさらに若く見えるせいで、近所では好奇心丸出しの目で見られていましたが、気にはなりませんでした。ただ、中学生になっていた息子は、いきなり転がり込んできた男に馴染めず、最初からぎくしゃくしていて簡単にはほぐれそうになく、家の中は小さな波風が静まることなく始終立ちつづけているような、そんな耳障りな空気が立ち込めていたかもしれません。いやな予感がなかったわけではありませんが、そんな中でも、そろそろけじめをつけるころではないかと、正式に籍に入れる話をすることもあったのです。

「こんなんでええのかなあ、家までちゃんとあるし、なんやオレ、ぬるま湯につかってるようや」

男は私の胸に顔をうずめて、くぐもった声で言いました。

「これまでは苦労もしたんやないの」

男の頭をやさしく撫でると、男の唇が胸からお腹へと下がっていきます。

「まあ、それなりにはな」

男の頭が生まれ落ちたばかりの赤ん坊のように、私の股のあいだに挟まりました。

「ぬるま湯でええんよ。手足をのばして、ゆっくり浸かっとき」

五つ年下の男は、私の本当の子どものように可愛いものでした。不審に思うところなどあるはずもなく、疑うことなど考えたこともありませんでした。そんな私の可愛い男が突然、ばったり帰ってこなくなったのです。どこかで事故にでも遭ったのではないかと、恥も外聞もなく警察へ日参しました。ふしぎだったのは勤めているはずの青物屋をとうに辞めていたことでした。だから何かを疑うべきなのは分かりましたが、何を疑えばいいのかが分からず、裏切られたのか、ちょっといやになっただけなのか、どちらにしても私から逃げたことに変わりはなく、かといって諦め切ることもできずに、私は何も手につかないまま、どんなに心配したことでしょうか。元気でいるならそれでいい、逃げたいなら逃げていい、元気でいることだけを知りたいと思うようになり、毎日そう祈りました。結果はそのお祈りのとおりになったのですから皮肉なことです。追い追い分かったことは、あろうことか、朝子と隣りの町で暮らしていたのです。選りによって朝子とです。いつからそんなことになっていたのか、思い当る節はなく、それが腹立たしくて恕せずに、食いしばった歯に血が滲みました。ほんのわずかでも、私への気遣いや詫びる気持を残すやり方もあったでしょうに。書置き一枚のようなものでも、あるのとないのとでは大きく違ったでしょうに。あの朝子が、あの男が、それにも気づけない人間ではないでしょうに。私は悲しくて寂しくて、屈辱に眠れない日がつづきました。

あれから何十年も経ちました。時間の経過が少しは怒りを静め気持を和らげてくれそうなものですが、稀にはなったものの、ふと、朝子と男を思い出したりすると、いまだむらむらと怨めしい気持になってしまいます。この気持は地獄まで引き摺っていきそうです。

他人なら縁も切れますが、縁の切れない息子とも私はうまくいきません。可愛いかったのは手のかかるあいだだけでした。私は息子の父親でもない男を家に引っ張りこんだりしたのですから、微妙な時期の息子に母親嫌いを植え付けることになってしまったかもしれません。母親にふしだらな印象が染みついて拭えないのかもしれません。そうなら息子が悪いわけではないと心の中で詫びるばかりです。取り返しようはありません。今では息子もいいおとなですが、私に向かっては、いまだ反抗期が途切れることなくずっとつづいているようなありさまで、話しかけても、ああとか、ううとか、肯定とも否定とも分からず話はつづきません。そもそも私の話など聞いていないのかもしれません。悲しいですが、ただ、息子夫婦の仲は頗るいいようですから、私にとってもそれで充分ではありませんか。息子は倖せにやっている。それ以上のことはありません。私から訪ねていくことは間遠になりました。息子夫婦も忘れたころにしかやってきません。

このごろたびたび思うのは、ほとんど知らないまに苦痛なくあちらに逝ってしまえることです。思い残すことや悔いは山ほどありますが、そんなものは、いつまでたっても完全に無くなりはしません。

身の回りの片づけにも取りかかっています。しかし、逝くのが今すぐでは困ります。川柳の雑誌に、今、死にたくないのは、押入れの中が引っくり返っているからだと、そういうことを詠った句が載っていました。私もその気持に近いかもしれません。物置や押入れの中の処分できるものは、あらかた選り分けて、ほっとした矢先でした。古い雑誌のあいだから何かがはみ出し畳に落ちました。黄色くなった古い写真でした。

幼い頃の私と朝子が並んでいます。こんなものを目にすると、やはりいまだ胸が波立ちます。

朝子と男は倖せになれたのでしょうか。風の噂も途絶えてから久しく、群がっていた野次馬はとうの昔にいなくなり、誰もが自分の暮らしに精を出しているというのに、私だけがじくじくと、いまだに怨みつづけているのだとしたら、哀れで滑稽ですらありませんか。怨む気持は地獄まで引き摺っていくと決めていましたが、このままで三途の川を渡れるでしょうか。重い躰はあっぷあっぷして途中で沈んでしまいそうです。泥にまみれたようなしこりが、胸に居据わっているのを感じます。

朝子も男も、いい人だったときは間違いなくありました。少なくともそのときだけは悪い人ではなかったのだし、そう思い返しても私の心の中を御破算にすることは、むつかしいでしょうか。

怨むことが生きるエネルギーになることもあったような気もします。しかしそれから何十年を過ごしてみれば、車輪の中で車輪を回しつづける二十日鼠のようで、ただ疲れるばかりです。そんなことにも気づけているのなら、物置や押入れの中をすっきり片づけたように、心の中も片づけられないでしょうか。片づかなければ逝けません。

先日、建設会社の社員という人がやってきて、私の家を取り壊し、アパートを建ててみませんか、家主になりませんかと提案されました。傾きかけた古い家ですから、どうせそのうちに何とかせねばならず、息子とも相談してからのことですが、この話に乗り気になりました。念のため、敷地面積など確認しておこうと登記の書類を家じゅう探したのですが見つからず、それでバスと電車を乗り継いで、法務局まで出向いてきました。唖然です。これまで登記簿に私が手を付けたことはなく、家の名義はまだ私の父であるはずが、なんと、最初の夫、明夫の名義に変更されていたのです。まずは唖然として、驚いて、思わず笑ってしまいました。名義が変更された日付は、夫の亡くなるわずか数日前です。何を企んでいたのでしょうか。何とはなく想像はつきます。最初の夫は、私には唯一の、いちばんいい人だったのですがねえ。ショックではありましたが、でも、私はもう、誰も怨んだりはしません。身も心も身軽になってあちらに逝きたいと思っていますから。

特別賞

ナツキの風

今野　綾

こんの あや 40代

プラスチックのクスリケースにしっかりと並べられた錠剤。ケースには月曜日から日曜日の印があり、それは手つかずのままうっすら埃を纏っていた。

紗代はそのケースを横目で見ると、抱え込んでいた膝に顔を埋めた。飲まなくちゃいけないのは分かっている。でも、負の感情に支配されて身動きが取れなくなっていた。

これを飲んで、症状が緩和されたところで、私にはこの先一体何があるのだろうか。

そこで再び腹の奥がグリグリと疼いて顔を歪めた。お腹が痛い。もうずっとだ。部屋とトイレを行き来し、それだけで体力は消耗していく。

昨日から顔を洗っていない。

歯は二日磨いていない。だって、食事は四日とっていないのだから、なんの為に歯を磨くのか分からない。

そもそも、食事をとる理由も薬を飲む理由もわからなくなっているのに歯磨きなんて無意味だ。そう思うようになって以来、人間としての活動が止まってしまっていた。

部屋は八畳一間のワンルーム。元気な頃は整理整頓されていたが、今は脱ぎ捨てられた服やダイレクトメールが封も切らずに放り投げられている。

見たくない。もう、何も。

紗代は脂汗が滲む額を掌で拭った。

季節は五月。陽気を考えれば暖かいはずなのに、紗代は寒くて仕方がない。長袖のシャツに薄手のカーディガンを羽織っているけれど、背中にゾクゾクと寒気がしていた。本当は喉が乾いていて水分くらいはとりたいのだが、動くのがとにかく億劫だった。トイレに行くことも面倒臭いが、漏らすなんてことはさすがに三十路過ぎの女が情けないと思って何とか動くというありさまだ。ここ数時間に至っては、もう誰に見られることなく死んでいくなら、それも別に構わないのではないかなどと思うようになっていた。

親は既に亡くなっていていない。五つ上の兄はいるが連絡が途絶えて久しい。紗代の肝臓が悪くなったという事は、兄ももしかしたら同じような病を患っているか、既に死んでしまっているかもしれない。

考えることはネガティブな事ばかり。これでもなんとか仕事に行けていた頃は、病気を少しでも治して、いずれ誰かの為に何か出来るようになればなんて願っていたのだが……。

再び襲って来た猛烈な腹痛に身を縮める。ここ一週間は、酷い下痢に悩まされていた。

紗代はよろっと立ち上がり、トイレへと壁に手を置きゆらゆらと歩いていく。人間としての自尊心はまだ捨てきれないらしい。漏らすのは意識がなくなるまで出来ないかもしれない。生への執着はない癖に、恥ずかしいとは思うのだなぁと、腹に手をあてがい、どうにかこうにかトイレへ。

開け放たれたトイレのドア。小さな個室の中で履いていたデニムと下着を一気に下ろして安堵する。

こんな姿、栄太には見せられない。見せなくて済んで良かった。

もう下るものもないのでただトイレに座って、腹を抱えるようにして痛みに耐えていた。

栄太の事を思い出すたび、目の周りがじわじわと熱くなるのに、渇水した体からは涙が落ちることはなかった。

「え……結婚は出来ないってなんでだよ?」

栄太は突然突き付けられた紗代の言葉にとにかく戸惑っていた。

交際し始めて三年。栄太の誠実な人柄に惚れこんでいたから、結婚を申し込まれた時は本当に嬉しかった。それなのに、結婚を申し込まれて半年もしないうちに発覚した病。紗代は完治することない病気を、まだ結婚する前だったことも手伝って、その重荷を栄太と分かつことより一人で背負うことを決心したのだ。

「理由はないの。嫌いになっただけ」

口からでまかせの大嘘だったのに、栄太は絶句し傷ついた顔をした。誠実な人だから、紗代も誠実な人間だと思ったのだろう。だからそれを真実として受け入れて、肩を落として去っていった。

栄太の表情はほぼ見尽くしていたと思っていたのに、最後の最後に知らない顔を見てしまい、それが脳裏に焼き付いて離れない。せめて笑った顔を思い出したいのに、紗代が思い出すのはいつもあの悲しい表情だ。

未練は幾度となく紗代に手紙を書かせ、下手くそなセーターまで編ませた。それら全てこのワンルームから出ることなく、今は埃を被っている。未投函の手紙、編み棒が刺さったままのカーキ色のセーター。諦めはいつしか埃の纏うのだ。後悔だけはなぜか鮮明で、不思議と色褪せないのに。未来や希望には埃が被り、今やグレーで元の色がどのようであったかも忘れてしまった。

腹痛に加え、頭痛もしてきた。ガンガンと頭を叩くような頭痛は色々な景色を見せていく。両親の葬式、兄と遊んだ公園、栄太と初めて迎えた夜。ああ、これは走馬灯だ。紗代はとことんネガティブな思考に笑ってしまった。

「ママ？　開けてー」

先に男の子の声がし、その後に紗代の部屋のドアを叩くガンガンガンという音。頭痛に響いて顔を顰めてこめかみを押えた。

「ママってばー、開けてー」

そしてまたガンガンガン。

紗代はゆっくり立ち上がり、下着とズボンを上げた。そして頭痛を悪化させる音の主の方へと歩いていく。

玄関は、最後に出かけた日に履いて行ったスニーカーが脱ぎ捨てられたまま放置されている。帰ってきて直ぐにトイレに飛び込んだものだから、スニーカーは慌てて脱がれたことを物語っていて、片方は裏返っていた。

「えっ……と……部屋違いだよ」

やっと絞り出した声は掠れていて、しかも腹が痛いので力が入れられずにか細かった。

「ママ？　聞こえないってば。開けてよ」

そしてまた声の主はガンガンと扉を叩く。紗代は音に呼応するようにズキズキとする頭にすかさず目を瞑った。大きな声は出せないし、大声を出せたとしてもその声が頭に響きそうだ。紗代は観念して、鍵を回し、扉を押す。

扉を開けるとひんやりとした外気がスッと部屋の中へと滑り込んできた。冷たく感じはしたが思いの外心地いい。新鮮な風は部屋の空気が淀んでいたことを紗代に知らせていた。

扉の前に立っていたのは、小学校低学年くらいの男の子。半そでの白いカットソーはどことなく薄汚れていて、履いているデニムはどうも丈も足りていないように感じた。成長期の子供にはよくある風貌なのかもしれない。


「あれ？　おばさん、ママじゃない」

男の子は驚いて周りを見渡してそして紗代に視線を戻した。

「君……何号室の子？　部屋の番号は？」

紗代は腹を抱えるように押さえたまま、男の子に問う。男の子は瞬きを一つしてから、顔を傾げさせて紗代の顔を覗き込んだ。

「おばさん、お腹痛いの？」

紗代は覗き込むその子の目の中に自分を見た。人の瞳に自分を見るなんて、どれくらいぶりだろうか。しかもとても心配しているのだと男の子の顔に書いてある。

「ああ……そうなの。頭も痛いから、えっと……ドアは叩かないでくれるかな？」

「おばさん。病院行かないの？」

「あのね……病院に行く元気がないの」

男の子は長すぎる前髪を手で払ってから、紗代の家の中を覗き込む。

「スマホどこ？　俺、知ってるよ、救急車の呼び方」

小さく感じたその子は、案外口調もしっかりとしているし機転も利くらしい。

「い、いいの、病院に行っても治らないから……」

「えー、でも行かなきゃわかんないじゃん」

「分かるんだよ」

紗代が弱々しい声音で、しかしはっきりと断言すると、男の子は唇を突き出した。

「大人って嫌い。すぐ嘘吐く」

「嘘じゃないよ……」

「じゃあさ。おばさん、大丈夫なの？」

「大丈夫」

紗代が答えると男の子は更にぷくっと頬を膨らませて、紗代の脇を通り過ぎて勝手に靴を脱ぎ家の中へと入って行く。

「え、ちょっと……」

紗代は慌てて振り返ろうとしたが、鳩尾辺りに激痛が走ってその場でしゃがみ込んだ。すると、男の子が駆け寄って来て背中をさすりだした。小さな手だ。子供の手はこんなに小さいのかと、痛みに耐えながら思っていた。小さくても大人の手と遜色なく、優しく温かかった。

「おばさん、動かないでここにいなよ。俺、救急車呼ぶ」

脂汗が滲む紗代はとにかく痛みに耐えていた。男の子は返事を待たずに部屋の中を引っ掻き回して、それから見つけたのであろうスマホで電話を掛ける声が紗代のところまで聞こえてきた。

「んと、住所は引っ越してきたばかりだから……メゾン一蔵ってとこ。んー、名前……おばさんのは知らない。俺はナツキ。佐藤ナツキ。違う、おばさんはママじゃない。なんかお腹痛いって。あと頭も痛いみたい。うん。えっとね、二階の部屋。玄関開けておけばいいの？　分かった。おばさんと一緒にいるから、うん」

それから、タタタとその子は走って来て、紗代を通り越して玄関へ行き扉を開けた。風が再び部屋の中へと入り込んでくる。小さく息を吸いこむと新鮮な空気に肺が喜んだような気がした。

「すぐ来るって」

男の子はそう言いながら、玄関の近くで体育すわりで痛みに耐えている紗代の顔を、また覗き込んだ。紗代は男の子の厚意に答えようとゆっくりと笑顔を浮かべてみた。それが上手くいったかどうか分からないが、二人は再び目が合った。

「ありがとう……しっかりしてるんだね」

「ん？　救急車くらい呼べるよ。ママが酔っぱらってゲロするからさ」

紗代はそれにどう答えていいのか分からないが、男の子はそんなことにはお構いなしで話していく。

「で、大丈夫？　て、聞くと大丈夫って言うのに、またゲロするの。顔の色って青くなるって知ってた？　あ、おばさんの顔ってなんか黄色いね……変な色」

子供は率直だし、なかなかの観察力だ。紗代は痛みでしかめっ面になりそうな顔を意識してそうならないようにしていた。でもどうにも顔から冷や汗だか脂汗だかわからないものが垂れてくる。

「おばさん、暑いの？　何か、飲み物いる？」

子供の癖にやたらと気が回ると思っていたところで、ナツキと名乗ったその子の腹がキュルルと可愛い音を鳴らした。とっさに押さえたところを見ると、やはり間違いなく鳴ったのだろう。

「ナツキくん。おばさん、喉が渇いているの。冷蔵庫にお水あるからお願い出来る？　あとね、ミカンのゼリーが入っているからそれはナツキくん食べて」

最後に外出した日、ゼリーなら食べられるかもしれないと買いだめしてあった。それが手付かずのままだったのを思い出して伝えると、先ほどまでの利発さが影を潜め、ナツキはちょっとだけモジモジとして、紗代の顔を上目遣いで窺っていた。

「私はお腹痛くて食べられないけど、一人でお水飲むのは気が引け……寂しいから、お願い一緒に、ね？」

言い終わったタイミングでナツキの腹の虫は再び可愛く鳴いた。ナツキはうっすら頬を赤く染めて「分かった」と返し、立ち上がった。


ナツキはゼリーをペロリと平らげ、それから持ってきてもらったままキャップすら開けずにいたミネラルウォーターを紗代の手から抜き取って開けてくれた。礼を言い、ペットボトルを口に運ぼうとすると、紗代は手に力が入らずブルブルと震えてしまった。それを見て、ナツキは無言で紗代の手を支え、水を飲むのを手伝う。

遠くから救急車のサイレンが近づいて来ていた。ゆっくりと口に含んだ水が喉を通っていくのを、ナツキはじっと待っていてくれる。

「救急車来たね」

呟いたナツキに、紗代は頷きながらキャップをしめた。

「ナツキくん、本当にありがとう。ゼリーいっぱいあるから、良かったら持っていって」

サイレンが止まった。

ナツキは紗代を見て首を振る。

「怒られるんだ、ママに」

「そうなの?」

「うん……」

ナツキは子供と大人を行来するような表情をする。揺れる瞳は何か言いたげながら隠しておきたいとも思っているような。

「秘密にしよう。おばさん、頑張って治すから、そしたらまたここで、二人で食べよう」

ナツキはパッと表情を明るくし、そして屈託なく笑った。

「ほら、やっぱ嘘を吐いてた! 治るんじゃん」

「すいません。患者さんはこちらですか？」
二人の会話に割って入ってきた救急隊員。一人姿を現すとどやどやと雪崩のように姿を現す。紗代の様子を一目見て、緊急性を察知したのか、あれよあれよと言う間に隊員に取り囲まれ、そして担架に乗せられ救急車へと運ばれた。

最後に見たナツキは救急隊員に質問されているのか、真面目な顔つきで頷いていた。隣に座ってくれていた時は大人のような頼もしさだった。けれど離れて見たナツキは初めの印象通り、まだかなり幼く、そして痩せていた。

担架で運ばれている最中、久しぶりに拝んだ太陽は、目映い光を放っていた。風はさやさやと吹いていていて、若葉が茂る街路樹を揺らし、木漏れ日を弄ぶ。

随分閉じ籠っていた。実質的には数週間だが、内面的にはずっと。
死ぬために生きている。そう思ってからは本当に泥沼にはまった鳥のように、飛び立つことはおろか這って出る気力すら失っていた。
結局、死ぬのを待っているのに羞恥心すら捨てられず、考えることと言ったら栄太のことばかりで、未練も断ち切れなかった。

ナツキは『大人は嘘を吐く』と言っていたが、それは確かにあてはまる。病気になり、栄太に負担は掛けたくないと別れを切り出したが、本当は病気のせいで栄太が離れていくのではないかと心配で、先手を打って別れたのだといつの頃からか認めていた。大人は自分自身にすら嘘を吐くのだと思い至ると合点がいき、疲れ果てた体からすうっと力が抜けていく。

いつの間にか寝てしまい、気がついた時は病院の大部屋で寝かされていた。

暫く入院生活をし、体力が回復したのを機に退院が決まった。

病気はじわりじわりと進行しているが、治療を続けていれば急激に悪化はしないのだからきちんと通院してくださいと医者に再三、念を押されていた。

解放されたその足で、まだ少々大変なのだが市役所へと向かう。死ぬなら親が残した遺産を食い潰せば良いと思っていたが、紗代はあの部屋を引き払い市営住宅に引っ越すつもりでいた。

きっかけは、家賃を滞納したことで入院したことをアパートの管理会社が知り、わざわざ担当者が病院まで訪ねてきた事にあった。

「館山紗代さんでしょうか」

見舞品を持参してやって来た中年の男性。白髪がちらほら混ざる髪を手で押さえながら名刺を差し出した。

「ああ、すいません。家賃を……入院していて」

「はい、事情は聞いております。それで少しお待ちしたのですが」

「お支払いします」

男性は持っていたカバンからクリアファイルを取り出して、頭をひとつ下げるとベッドの横にあるイスに腰掛けた。

「一応、連帯保証人様とお勤め先に電話を掛けさせていただいたのですよ。そう言う決まりですから。連帯保証人様の番号は不通、会社は既に辞められたと言うことで」

紗代は隠すつもりはなかったのだが、そう突っ込まれると悪いことをした気分になり恐縮する。死ぬものだと思っていたので、他人への関心や配慮はなくなっていたのだ。

「申し訳ありません。連帯保証人だった親は亡くなり、会社はこのような状況で働けなくなりまして、一年ほど前に辞めました。でも、遺産が入りましたので暫くは家賃を払っていけますし……」

男性はジャケットの内ポケットから取り出したボールペンで、持ってきた用紙に紗代の話した内容を書いていく。

「お仕事をされていないのですよね？　私どもから勧めるのもなんですが、市営住宅に申し込まれたらいかがでしょうか？　事情を考慮し、安く部屋を貸してくれますよ」

書いていた用紙から視線を上げて、紗代を見た男性は少し同情するように眉を下げた。

「追い出すように聞こえるかもしれませんが、困窮するより良いと思うのです。市営住宅は払う人の能力によって家賃が決まりますから、館山さんならきっと……今お支払い頂いている金額の二分の一以下になるかと。少なく見積もって、です。きっともっと安く借りられると思いますよ」

それは願ってもない話だが、一つだけ紗代をあのアパートに引き留める事があった。

「あの、でも私……助けてくれた男の子にお礼をしたくて……」

男性は持っていた銀色のボールペンをぎゅっと握り締めた。

「あの子は……もう居ません」

「え？　でも、引っ越してきたばかりだって」

男性は手を開いてボールペンを見つめると、それをゆっくりと弄びながら語りだす。

「館山さんの所に来た救急隊員が、あの子の身体にアザを見つけましてね……それでよくよく聞いたら実年齢よりも体も小さくて、それで警察に連絡をしたらしいのです。ネグレクトらしいですよ。育児放棄されていて、食事は給食のみだったとか」

ぐっと込み上げてきたのは、悲しみよりも切なさだった。聞きながら紗代はナツキを思い出していた。小さな体。服のサイズは確かに合っていなかった。それに、あの時確かにお腹を空かせていた。腹痛に苦しんでいた紗代にでさえそう感じたのだから、冷静な救急隊員なら直ぐ見抜けただろう。

「今は保護施設に居るんじゃないかと。テレビなどで報道されたので、ある程度は把握していますが詳しいことはちょっと……」

「そうだったんですか……」

利発さは、環境が彼を大人にしただけだったのかと胸が痛くなった。生活環境のせいで成長するしかなかったのかもしれない。

「保護されたってことは児童施設に行けば会えるのでしょうか？」

「どうなんでしょう。場所が場所だけに、会いたいと言っても会わせて貰えるかどうか」

それは確かにそうだ。でも、入院中ずっと考えていた。

大人は嘘を吐くと言ったナツキ。確かに嘘は吐く。それでもずっとその言葉が心に引っ掛かっていた。あんな小さな子に断言させたままでいいのだろうか。せめて自分が口にしたことくらい守らなくてどうするのだと。


紗代の部屋は閉め切っていたせいで空気が淀んでいた。考えることは一辺倒で堂々巡りだった。しかし、ナツキが開いてくれた扉から新鮮な風が入り込んできて、紗代の意識が外へと向いたのだ。

あの時、病を治してナツキと一緒にゼリーを食べる約束をした。言葉にすると大したことないようだが、抗うことを諦めたはずの紗代が、再び未来を見たのだ。進行する病に抗い、少しでも明日をみたい。それに小さなナツキに何か……美味しいものを食べさせてあげたい。

ナツキにゼリーを届けなくては。大人は嘘を吐くと言ったナツキに、紗代は絶対にゼリーを届けると決めた。些細な約束だとしても、忘れずにしっかり敢行する大人がいることをナツキに知ってもらいたい。

紗代は、今度はナツキの扉を開けてあげたいと思う。ナツキにも新しい風が吹き込むように。

約束を守ると言うことが半分死んでいた紗代を突き動かす。生きる意欲が再び湧いて来る気がしていた。

特別賞

家の谺《こだま》

磯間　帆波

いそま　ほなみ　30代

ここ一帯の新興住宅地には「風の町」という名がつけられていた。通称ではなく、れっきとした住所だ。特別に風のつよい地域というわけではない。この山を切り拓き、斜面に家々を乱立させた九十年代初頭には、なんとなくおしゃれに響いたのだろう。

風の町は標高が高く、見晴らしがよく、夏は涼しかった。上空から見下ろせば、おなじようなかたち、おなじような大きさの家々がぎっちりと並んでいるのがわかるだろう。そんななかで住民たちは、庭にアーチを立ててバラを栽培したり、棚に盆栽を並べたりと、それぞれの家にささやかな特徴と彩りを添えていた。多くの場合、ガレージには一台以上の車が停められていた。朝と夕方には犬の鳴き声が響いた。

ここに一軒の家がある。かつてこの家には、家族がいた。しっかりもののお姉ちゃんと、甘えん坊の弟。釣りとドライブが趣味の父親と、勉強好きな母親。朝晩の台所からはシンクを叩く豊かな水音が響き、洗面所には石油の匂いが満ちた。この家ではガスではなく、石油で湯を沸かしていた。近くに川が流れているから、水道水は冷たく、水圧はつよい。蛇口を締めなさい。父親の叱責の声のあとで、「ふぁ〜い」と、歯ブラシをくわえた子どものもごもごした返事が聞こえたものだ。

いま、子どもたちの笑い声も、どたばたと階段を駆け上がる足音もしない。旧型の白い冷蔵庫の側面には十二年前のゴミ出しカレンダーがマグネットで留められ、がらあきの本棚には黄ばんだ電話帳が残されている。カーテンは外され、寒々しい。

　家の前でエンジン音が止まった。玄関のドアが開き、久しぶりに家のなかに山の空気が入り込む。

「へぇ。ここが、笹川さんの思い出のおうちか」

「いいからはやく、入っちゃって」

　はしゃいだ女の声のあとで、少し焦ったような男のひそひそ声がした。笹川圭吾だ。どうやらまた圭吾の悪い病気が再発したらしい。

　圭吾はかつてのこの家の持主だ。三十歳のときに中古だったこの家を買い、妻と一歳の娘とともに越してきた。資格の勉強に熱心な妻にかわって娘を風呂に入れ、洗濯物を干し、合間に庭いじりをたのしんでいた。やがてもうひとりの子どもが生まれた。順風満帆な人生のようだったが、四十才のある日、荷物をまとめて出ていった。圭吾の浮気が原因だったようだ。

　笹川亜紀が家財道具を置いて二人の子どもと出ていってから、家は売りに出されることなく、風の町に残された。夫婦はひどい喧嘩別れをしたので、家は財産として家族に残すという圭吾に、こんなところには二度と住みたくないと亜紀が譲らなかったのだった。売ったって二束三文にしかならないだろうから、将来子どもが結婚したら住めばいいというのが、夫婦の最終的に出した結論だった。子どもたちが転校しなくて済むように、母子はそれ以来ずっと風の町の近くの賃貸マンションに暮らしている。

圭吾はここに住んでいたときとおなじように、てきぱきした動作で雨戸を開け放ち、ブレーカーを上げ、水道とガスの栓を開いた。基本料金の出費は痛かったが、いつでもすぐ使えるようにと、インフラは止めていなかった。女はそのあいだ、物珍しそうに家のなかを歩いてまわった。仕事帰りだろうか。きれいめのブラウスにタイトスカート、足元はストッキングだ。

「ここで新婚生活を送って、子どもをつくって、育てたんだね」

昔流行ったアニメのシールの貼られたふすまを、爪の先で撫でる。

「ずるい」とつぶやいた。

ひどく思いつめたような女の横顔を、圭吾は見ていなかった。サービス精神が旺盛でじっとしていられない性分の圭吾は、食器棚からふたりの晩餐のためにワイングラスとフォーク、小皿を出し、かるくすすいだ。台所の出窓に飲みかけのフォアローゼズがあるのを見て、眉をしかめた。

「また娘がここで酒盛りしたんだな」

車で十五分ほど下ったところにあるスーパーの袋から、赤ワインと刺身、惣菜のサラダを取り出して、眉間にしわを寄せた。

「あいつ、不良だから」

「あなたもおなじでしょ」

女が台所に立ち、圭吾をうしろから抱きしめた。

圭吾の娘は怜といった。たしかに怜も数週間前、ここでおなじように恋人と抱き合っていた。十一歳で父親と離れ離れになった怜は、中学校での不登校と一年間の高校休学を経て、母親譲りの勉強熱心な大学生になった。怜ははじめてのたばこも酒も恋も受験勉強も、この家でひそかに経験していた。怜にとってここは、隠れ家であり、秘密基地であり、いつでも帰ってこられる巣のようなものだった。子どものころに父親からもらった魚のキーホルダーに今も繋がれた一本の鍵は、家族がひとつだったころの証で、お守りのようなものだった。

五十二歳の父親と二十三歳の娘が、おなじソファでおなじようなことをしているのはとてもふしぎだ。一対の男女が、ソファに寄り添い、テレビを見ながら酒を飲む。時々指を絡め、女が男の肩にもたれかかる。かつて子どもたちが宿題をし、おもちゃを散らかしていたリビングがこんなかたちで利用されるようになるなんて、あのころは誰も想像もしなかっただろう。

「ずっと、こういうことに憧れてた」

圭吾が「みおちゃん」と呼ぶ女が、酔って充血した目を潤ませた。

「あなたと結婚したかった」

「夫婦なんかつまらないよ」

圭吾は言いくるめるようにみおの肩を抱いた。

「恋人がいちばんたのしい」

食事のあとでみおが食器を洗い、圭吾は風呂を沸かす。圭吾が入浴しているあいだ、みおは髪を拭きながら家のなかを見て歩いた。

和室とリビングのあいだの柱に、何本もの刀傷が刻まれている。子どもたちの背比べの跡だ。傷のわきにはサインペンで名前と日付が書かれている。怜と、健。ふたりの子どもは、みおの顎のあたりで成長を止めていた。その背丈を、爪の先で何度もなぞる。

しゃがみこみ、壁にもたれかけさせていた革製のトートバッグから手帳を取り出した。ページを千切ってなにか書きつける。

《Love Forever K from M》

小さく小さく折りたたんで、部屋中を見まわしたあと、本棚の下の引き出しを少し引き、隙間にねじこんだ。満足げにほほえんで、風呂上りの圭吾に正面から抱きついた。

二階の寝室でみおが甲高い声を上げるので圭吾は少し困った。ご近所の人たちは、犬の散歩がてら、夕方の井戸端会議で噂するだろう。お嬢さんも、ご主人も、好きよねぇ。風の町に静かに暮らす人々のなかで、この家の存在はきっと少し異様だった。普段はひそやかに眠り、時折思い出したように明かりを灯して息を吹き返す。家族の日常ではなく、非日常を内包して息づく。さぞかし好奇の視線にさらされているにちがいない。みおが寝息を立てたあと、圭吾はめがねを外し、天井を見上げたまま腕を伸ばして出窓に置いた。ここに住んでいたころとおなじ手つきだった。

翌朝、圭吾はホームセンターとカーショップに出かけていった。DIYの好きな圭吾は、引っ越してからもこの家のメンテナンスを欠かさなかった。定期的にやってきては壁を塗り直し、ベランダの板を張り替えた。愛車の手入れも、ここに住んでいたときになじみになったカーショップの店主に任せるようにしている。腕は確かだし、圭吾の好きな車についてマニアックな話ができたから、ここに来たときにはいつも寄ることにしていた。

留守番を任されたみおは興味深そうに二階に上がり、ロフトつきの子ども部屋をのぞいた。天窓からの光で、明かりをつけなくてもそこが物置になっていることがわかった。ベビーベッドに積まれたベビーバスや知育玩具の箱、バウンサーとチャイルドシート、ビデオカメラと三脚。

みおは顔を歪めた。圭吾の現在の家庭で不要になったものだとわかったからだろう。圭吾は離婚してすぐに再婚し、新たに二人の子どもをもうけた。人の住まない家は大きな倉庫でもあった。庭木の剪定や草むしりのついでに、圭吾はせっせと今の家から昔の家へ不用品を運びこんだ。妻や幼い子どもたちが同行することはなかった。かつてここに住んでいた者たちへの遠慮かもしれない。あるいは嫌悪かもしれないが。

壊れてしまった家族の残骸が浮遊するこの家に、現在進行形のしあわせな家庭から持ち込まれた物品は、みおの心を掻きむしるにちがいない。埃っぽいかつての子ども部屋を、しばらく苦しげに見つめていた。

そのとき、車の停まる音がして、玄関の鍵が回された。

「あれ、誰の靴だろう」

怜の声だ。みおにもすぐにわかった。溌剌として活発な感じのする声色は、いかにも圭吾から聞いていた娘像と重なるにちがいない。

「パパ、来てるの？」

二階にまで届くようのびやかに呼びかける。

「おかしいな。車はなかったのに、誰だろう」

今度はすぐそばのだれかに確認するような聞き方だった。階下を足音が行き交う。

一階にはトートバッグが置きっぱなしだし、女もののジャケットも鴨居にかかっている。隠れていることはできないと考えたのだろう。みおは恐る恐る階段を降り、台所にそっと顔を出した。

「あの」

怜と、いつもここにくる怜の恋人が、空き家に入り込んだハクビシンでも見るような目でぽかんとみおを見つめ返した。

「奥さん、じゃないですよね」

詰問の口調ではなく、怜はあっけらかんと聞いた。

「もしかして、パパのカノジョ?」

みおが答えられないのを見て確信したのだろう。「信じられない」と怜は声を上げ、あんぐりと口を開けた。

「パパったら、ここをラブホテルにするなら鍵返せとか言うくせに、自分だってやってるじゃん。ていうか、鉢合わせしたくなかっただけじゃん」

「ごめんなさい」

みおが即座に、深々と頭を下げた。

「人さまの家にずかずかと踏み込んで、不愉快な思いをさせてしまって」

「え、なんで」

わけがわからないといったようすで眉を寄せ、それから口角を上げてにんまりと笑った。

「パパがモテるの、ふつうに嬉しい。うちのパパ、最高にかっこいいでしょ」

みおは面食らったようだった。目を丸くして、愛人の娘をまじまじと見る。パーカーにジーンズ、腰まで届く長い黒髪。父親譲りの長身だが、顔は似ていない。怜は共犯者のようににやりとみおを見つめ返した。怜の恋人のほうがそわそわとして、体の重心を右足から左足に移したりと落ち着きがない。

「ねえ、悪いけど今日は帰って」

怜が恋人の腕をつかんだ。

「私、この人とゆっくり話がしたい」

「え」と声をもらしたのはみおだった。

「ごめんね、今度、埋め合わせするから」

顎の前で両手を合わせ、申し訳なさそうな顔をつくる。「まじかよ」と苦笑いを浮かべ、何度か振り返りながら玄関へ向かう男を、怜は手を振って見送った。玄関のドアが閉まってから、みおはちいさく息を吐いた。

「笹川さんのお子さんに、会う日がくるとは思わなかった。昔からずっと、話には聞いていたけど。私みたいな立場の人間が、顔を合わせていい相手だとは思ってなかったから」

「まあ、せっかくだから、コーヒーでも飲みましょう」

座って、とみおをダイニングのいすに促し、やかんに水を注ぐ。はっきりした目鼻立ちは母親似だったが、こうして先を見越し、気を回して、せかせかと動かずにはいられないところは圭吾によく似ている。背中を見続けなくても、記憶や遺伝として、怜には圭吾のうしろすがたが組み込まれているのだろう。

酒や油など、常温で賞味期限の長い食品は台所に置きっぱなしになっている。ストックしてあったドリップコーヒーをカップにセットして、怜はやかんの湯を細く注いだ。

「パパとどれくらいつきあってるんですか？」

かつて夫婦のものだった美濃焼のコーヒーカップをふたつテーブルに並べ、新聞記者のようにどこか真剣みのある声で聞いた。

「三年とちょっと、かな」

「長」

若者特有のおおげさな声をあげるが、実際はさほど驚いてはいないようだった。

コーヒーを一口飲み、

「パパの会社の人ですか?」と訊ねた。

「部下でした。って、こんなこと、お嬢さんに話していいのかわからないけど」

みおはうつむき、「いただきます」とカップに口をつけた。ふうと息を吐き、視線を上げる。

「いま、笹川さんは出かけてるんです。もうじき戻ってくると思うので、そのまえに私、電車で帰ります。お邪魔して本当にすみませんでした」

「え、なんで帰っちゃうの?」

怜はびっくりしたように聞き返した。

「だって、せっかくお父さんがこっちに来てるんだから、親子でゆっくりお話したいでしょう」

「いやいいですよ。あのひと、口うるさいし。またいろいろ、怒られるから。それより、私の知らないパパについてもっと聞きたい」

好奇心に瞳を輝かせ、みおを見つめる。怜は生粋のファザコンなのだ。この家に住んでいたときも、母親ではなく父親と風呂に入り、布団に潜りこんで眠っていた。

「会社でのパパって、どんな人ですか？」

「かっこいいですよ、とても」

みおは遠慮しながらもどこか誇らしげにほほえんでいた。

「つきあう前も、つきあってからも、ずっと変わらずにかっこいい。それに、すごく尊敬できる人」

「わかる」と怜は深くうなずいた。

「一緒に住んでたときも、たまにしか会えなくなってからも、パパはずっとパパだもん。私にとってはやさしくてかっこよくて、完璧なパパ。そういうのって、関係性とか距離感が変わっても、ふしぎと変わらないんですよね」

しみじみとした物言いがおかしかったのか、みおはそれまで緊張させていた口元をほころばせていた。

「話に聞いてたとおり、個性的なお嬢さんだね」

「だってうちのパパって、そこらへんのおじさんよりよっぽどかっこいいと思いません？　おしゃれだし、体も引き締まってるし。まあ、女癖は悪いかもしれないけど」

「うん、かっこいい」とみおは堂々とうなずいた。

「それは認めざるを得ない」

「わかってくれる人がいて嬉しい」

怜は純粋に喜んでいるようだった。

「ママはパパのこと悪く言うし、友達に話しても気持ち悪がられるだけだから」

「私も嬉しい。誰にも言えない恋だったから」

ふたりはほほえみあい、コーヒーを啜った。ひとりの男を軸に、奇妙な連帯感を得たようだった。

「ねえ、つっこんだこと聞いていいですか？」怜が片手で頬杖をつき、少し身を乗り出す。

「え？」と、みおは小首を傾げた。

「どうしておとなしく三年も愛人やってるんですか？　ひとつの家庭を壊してでも、パパのことを奪ってやろうとか思わないんですか？」

怜の質問は毒の塗られたナイフとなって、みおの心臓にグサリと刺さったのだろう。カップを手にしたまま固まってしまった。

「だって家族なんて、夫婦どちらかの浮気で簡単に壊れるじゃないですか。それまでどんなに子どもをかわいがってたって、休日に一家で仲良くおでかけしてたって、夫婦の関係がだめになったら一瞬で崩壊する。結婚している男女が別れれば、子どもと親も引き裂かれることになるから、家族はもう家族じゃなくなるでしょ」

怜は頬を紅潮させるでもなく、語気を荒げるでもなく、淡々としゃべった。かつて自分たちを不幸に陥れた女が目の前にいると錯覚しているような攻撃性はまったく感じられなかった。知りたい。怜の瞳には純粋な好奇心と探求心だけが映っていた。

「だからあなたが奥さんに不貞行為を暴露して、パパが今の家族と暮らせない状況をつくったら、あなたはパパを自分のものにできるんじゃないの？　家の外側にいる女は、家の内側にいる人たちを、利己的にばらばらにできるんじゃないの？」

それは怜がずっと理解できないことだったにちがいない。自分の人生に起きてしまったわけのわからない大人の暴力。傷つき、答えを知りたいともがいてきたことにちがいない。みおにもわかったのだろう。どうして彼女が自分に興味を持ち、引き留めたのか。

「じゃあ、正直に話すね」と、みおは一言ずつ、丁寧に語った。

「あなたのお父さんのことは、私だってずっと、ほしかった。一緒に暮らしたかったし、おなじ布団で眠りたかった。でも私は、人を悲しませてまでそうしたいとは思えなかった。笹川さんの家族を悲しませたら、笹川さんも悲しむ。あの人はやさしい人だから。好きな人を悲しませるのはいちばん悲しいことでしょ」

みおは怜をひとりの大人として認め、怜もまたみおの言葉を自分に誠実に向き合ってくれる大人のものとして受け止めているようだった。

「勝手なことを言ってるのはわかってる。私が笹川さんとつきあっている時点で、もうたくさんの人を裏切っているんだから。私はいま本当に最低なことをしているけど、それでも、そのなかでなるべく、できる限り、みんなにしあわせでいてほしいとは思うの。だったら最初から不倫なんかするなって思われるかもしれないけど。それは本当にそのとおりなんだけど……」

苦し気に視線をさまよわせる。

「言いたいことはわかる」

怜は深々と二、三度うなずいた。

「私ももういちど、パパと一緒に暮らしたかった。おなじ布団で眠りたかった。本当に、狂おしいほど、恋しかった」

切実な言葉とは裏腹に、怜の声は平然として、普段となんら変わらなかった。

「でもそれをパパに伝えたことは一度もない。パパを悲しませるってわかってたから。私、パパにはしあわせでいてほしいんだ。もちろん、パパの今の家族にも」

にっこりと怜は笑った。

「どうしようもないことって、あるから」

「そうだね」

みおは目を伏せ、あきらめたように薄く笑った。

「本当に、どうしようもないことだった」

もしここに、圭吾が帰ってきたらどうなるのだろう。ふたりとも頭をよぎらないということはないのだろうが、ふしぎと焦るようすはなかった。時計のない家に、音もなく時が流れる。

「いい家だね」とみおは天井から壁、窓を見渡した。窓の外は圭吾自慢の日本庭園だ。手入れされた木々と季節ごとに咲く花。かたちのよい飛び石が敷かれ、人が踏まないおかげか地面はちょうどよく苔蒸している。

「一度、この家を見てみたかったの。私なんかが足を踏み入れていい場所じゃないとは思ってたんだけど。何度も話には聞いてて、空想してたから。いつのまにか、私の頭のなかだけにあるおとぎ話の家みたいになってたけど、本当にあった。ここに家族がいたんだなぁって、実感した。最後に、ここに来られてよかった」

「最後って？」

立ち上がり、カップを片付けようとしていた怜が何の気なしに訊ねた。「実はね」と
みおは一瞬息を吸い、深く吐いた。

「私、赤ちゃんがいるの」

怜の目が大きく見開かれた。

「いい歳なのに、なにやってんの」

あきれたように大きな声を出す。

「言ってることとやってることが、めちゃくちゃじゃん」

「本当にばかだと思う」

みおは悔しそうに唇を噛んだ。

「本当に、愚かだと思う。だけど、こうなってしまって。私、来週、手術するの。その前に一度だけ、笹川さんと暮らして子どもを育てるところを想像してみたかった。だから、どうしてもここに来てみたいってねだったの。最後の思い出に、温泉でも夜景のきれいなホテルでもなく、ここに泊まってみたかった。これで、きっぱりと終わりにする。もう二度と、どんなちいさな命も傷つけない」

「パパは知ってるんですよね?」

テーブルに手をつき、敏腕弁護士のように問い詰める。深刻な顔つきの怜に、みおはちいさくかぶりを振った。もし話していたら、昨夜のアルコールも、そのあとの行為もなかっただろう。

「ここで育てられないんですか?」

窓の外で木々がざわめいた。みおがすがるような眼で怜を見上げる。

「ここで?」

「だってここ、パパ名義の空き家ですよ。使えないんですか?」

そんなふうに考えたこともなかったのだろう。みおは目を点にして怜を見つめていた。

「母子家庭でいちばん大変なのはお金でしょ。ここなら家賃はかからないし、育児用品ならそろってるから——」

「そんな簡単な問題じゃない」

みおが声を強めて遮った。

「子どもの人生を考えたら、私だけで育てることなんてできない。笹川さんに最低限の義務を果たしてもらわなきゃいけなくなる。でもそうしたら、あの人の大事な人たちがみんな地獄に堕ちるんだよ。すべてをひそやかに済ませるなんて、できっこないんだから。何の罪もない人たちのしあわせが私のせいで壊れて、一生、取返しがつかなくなる」

テーブルの一点を見つめ、みおは一息にまくしたてた。

「だいいち、生まれてくる子どもがかわいそうだよ。こんなクズみたいな親のもとに生まれてくるなんて。それに、父親のいない子どもがまともに育つとは思えない」

はっとしたように口をつぐみ、怜を見上げた。

「パパはいますよ。私にも、弟にも」

怜は相変わらず冷静で、落ち着いた口調で言った。

「離れて暮らしていても、たとえ死んでいたとしても、父親がいないっていうことはないと思う」

それからふっと苦笑いを浮かべた。

「クズっていうか、だらしない父親だとは思いますけど」

のびやかに育った一本の木のように、怜はまっすぐに仁王立ちしていた。親がいなくても子は育つと、存在そのもので証明しているようだった。

「私たちもたくさん傷ついた。正直、あなたみたいな女のせいで苦しんだとも言える。いちばん悪いのはパパだろうけど。でも今はママとパパの子どもでよかったと思ってる。時間はかかったけど、私は親の人生を恨んだり否定したりしてない。しょうがなかったんだろうなって、思う。生きてれば失敗したり、傷つけたりする。それって、しょうがないことだと思う」

静かにカップを重ね、台所に運んで軽く洗った。布巾で拭き、棚に戻すと、証拠は隠滅された。みおのもとに戻ると、「私って、無責任かな」と真顔で訊ねた。

「私のほうが無責任だから」とみおはおでこに手をあてて、深くうなだれた。

「パパが戻るまえに、帰らなきゃ」

怜がソファからリュックを拾い上げ、手をつっこんだ。つめたく、涼やかな、金属的な音がした。

「これ、渡しておきます」となにか手渡す。みおの手のひらには、塗装の剥げた魚のキーホルダーと、一本の鍵があった。

「もしいらなかったら、ポストに入れて帰ってください。とにかくこのことは、ちゃんとパパと話してくださいね。あなただけの問題じゃないんだから」

怜は腕時計を見下ろし、リュックを背負い、足早に去っていった。車のエンジン音が立ち、一陣の風のように遠ざかっていった。

いすにもたれ、みおは目をつむった。大きな、運命的な力が、自分の上を通り過ぎていったようだった。

あの子は私の子どもだったのかもしれない。ふとみおはそんなことを思う。未来からきた私の子ども。殺されようとしていた自分自身を守りにきた子。みおは怜の顔を知らない。怜のことを成長した我が子だと空想するのは、甘く、都合のよい慰めに違いない。それからしばらく、ここで子どもを産み、育て、やがて成人し、ひとりで悩み傷ついている自分に会いにくるのを想像した。閉ざされたまぶたから、ほほに涙が伝った。

＊

わたしも、想像した。この家にもう一度、子どもが戻ってくることを。かつてわたしの上を走り回った二対の足音。わたしを内側から揺るがす、子どもたちのおおきな笑い声。

わたしは一度、打ち捨てられたが、一人の少女をいつも受け入れ、守ってきた。今度は新しいひとつの命を守れたら、どんなにすばらしいだろうか。いつか歩き出した子どもが本棚の下の引き出しから紙切れをつまみあげ、ちいさな指でひらき、「なんて書いてあるの?」とあどけなくたずねる。柱には新たに刻まれた傷。

そのとき、この家の時間はまた動き出すのだろう。

いくつかの足音が去った。痛みと喪失感とともにここを出ていき、わたしもまたからっぽになる。内部に細やかな無数の傷と思い出を抱えたまま。ドアが開き、また誰かが入ってくる。

特別賞

風を喰らう魔物

夏　青

なつ　あお　30代

ピ、と鳴った瞬間の合計額を見たら、八十円くらい予算オーバーだった。財布には五百円しか入っていないから、はみ出した分は買えない。申し訳ないと思いつつ、「これ、引いてください」と牛乳をさす。二割引きのシールを見たときは、いけると思ったのにな。

アルバイトの店員はいやな顔もせず、無表情で言われたとおりにしてくれた。ピ、と引き算されたら、ちゃんと五百円以内に収まった。セーフ。牛乳寒天は作れなくなったけど、おやつはなくても平気だからまた今度にしよう。

大学を出てから、もう七年も経っているのに、未だにこんな生活をしている。我が暮らし楽にならず、と裕美子はつぶやいた。二十五歳ならまだ笑っていただろうが、来年には三十だ。もう、笑えない。

実家が近いのに一人暮らしをして、いわゆるフリーターと呼ばれる雇用形態で働きながら、財布に五百円あるかないかの生活をしている。結婚はしていなくて、たぶんこれからもする予定はない。

ざっくりと聞けば、「自由気ままに暮らしている」と思うのだろう。どうせくだらない夢を追っていてそうなったのだろう、と憶測されてしまうのだろう。

（メニハニミエル）

裕美子は唱える。

アパートの部屋の鍵を開け、数点しか入っていない買い物袋を床に置いて、ようやく自分だけの場所に戻ってきた、とほっとする。ごく普通に、平和に見えるけれど、外の世界は怖い。困っていても助けてはくれないし、弱っているところを見せたら全員で襲いかかってきそうだ。

これまで居心地のいい場所なんかどこにもなかったけれど、やっぱりこれからも、そんなものは見つからないのかもしれない。


メニハニミエル、といちばん最初に言ったのは幼馴染の仁美だ。裕美子と同級生で、高校卒業後、似たような人生を送っていた。アルバイトや契約社員で就職をするけど、いやな先輩に追い込まれたり、仕事が合わなかったりしてやめてしまう。

裕美子は最初、「仁美になっちゃいけない」と自分に言い聞かせていたのだ。大学在学中、高卒ですでに悪循環に陥っている仁美を見ながら、「ああならないように」要領よくやろう、と思っていた。しかし、就職活動に入るころにリーマンショックが起こり、「超就職氷河期」と呼ばれる異常事態に巻き込まれて、上手になんて切り抜けられなかった。好景気が戻ってきた今となってはあのころのことなんてぜんぶ嘘みたいで、誰も信じてくれないけど。裕美子は、百社以上にエントリーして、そのうち三十社で面接に進んだものの、最終選考を突破できずに、結局、正社員にはなれなかった。

それ以降は、仁美と同じ、非正規雇用渡り鳥生活を送っている。外側から仁美を見ていたとき、仕事をすぐに変えるのは、本人に原因があるのだろうと思っていた。えり好みできる立場でもないのだから、おとなしく一か所に落ち着けばいいのに、と。けれど、自分がそういう場所に身を置いてみて、思い知った。条件のよくない職場には、満たされている人はいない。空気自体が濁っている。みんな、こんな安い給料で将来性のない仕事はしたくないが、生活できないと困るのでしかたなくやっている。狭い水槽でストレスをためながら泳いでいるピラニアたちのもとに、泳ぎ慣れていない小魚を混ぜてみたらどうだろう。

そんなことが何度も起こって、裕美子はやめざるをえなくなり、そのたびに新しい職場で一からやり直すはめになった。運よく新卒で正社員になれた従姉や同級生は、裕美子の生き方はただ甘えているだけだ、と言い放った。それ以外の面でもどんどん話が合わなくなって、顔を合わすことすらもうなくなった。

今、裕美子がかろうじてつながっているのは、不本意ながら、仁美だけだ。話しても明るい気分にはならないけれど、仁美も一人暮らしだし、向こうから連絡をとってくるので、時間が合えば会っている。

この間家に行ったら、仁美はアニメの専門学校のパンフレットをめくりながら、半額シールのついたパンをかじっていた。のんきそうなその姿は、いかにも「夢を追うフリーター」といった感じだ。

「メニハニミエルでしょ」

ぼうっと見ていたら、仁美が言った。

「何それ」

「はた目には楽に見える」

そう続けて、仁美は乾いた声で笑った。

「今さら、アニメーターとか声優になれば人生変わるかな、なんて本気で思ってるわけじゃないよ」

パンフレットをぐしゃっと潰してゴミ箱に放り投げる。

「つまずいてからの一発逆転って、今はもうほぼほぼないじゃん。昔はどうだったか知らないけどさ」

一回底辺に落ちたらその跡もずっと底辺のまま。結婚したって相手も同じようなレベルの人でしかなくて、子どももろくに教育を受けられなくて貧困に陥る未来しかない。

「それでもまだぎりぎり、何かすればどっかでうまくいったりするかもって思っちゃうんだよね」

仁美は、裕美子が思っていたよりは現実を理解し、自分の位置を把握していた。

「ユミちゃんはどうよ」

裕美子はといえば、何も用意していない。

あがいていた時期にはまだ、資格を取ろうと勉強したり、セミナーに参加したりしていたけれど、どれも結局現状打開につながらないのが分かって、やめてしまった。

資格なんて、誰でも取れるレベルのものは持っていてもしかたないし、そこそこ難しいものは初期投資も必要になってくる。勉強も仕事と並行して続けなくてはいけないから、根気が必要だ。「もっとましな生活がしたい」程度の動機ではなかなか試験に合格できないし、その後の就職も簡単にはいかない。最初からその業界を志して、「人の役に立ちたい、この仕事が好き」と目を輝かせているライバルが山のようにいるのだから。

「何もないよ」

正直に答えたら、仁美は呆れた顔をした。

「ユミちゃんのほうが、メニハニミエルかもね」

裕美子には返す言葉がなかった。


今の暮らしははっきり言って少しも楽ではないのだけれど、はた目には楽に見えるのだろうか。一人暮らしの、働く女。政治家のエライおじさんはじめ現状を見ない人たちは、もうずっと前に頭の時計が停止していて、見当違いなことを平気で拡散する。いわく、「すべての金を自分のためだけに使い、ブランドものの服や海外旅行に費やして贅沢している女たち」。こんな連中には年金を渡したくないと言った人さえいるらしい。裕美子からすれば、「脳内仮想敵との戦いに必死だな」としか思えないのだが、彼らは本気でその程度の認識しかないのだろうか。同時代に生きているとはとても思えない。


十分な収入で独身貴族を謳歌している女なんか、いたとしたってごく一部の恵まれた層だけで、大半は裕美子のような「メニハニミエル」ヒトたちなのに。

苦境を訴えたって嘲笑われたり罵られたりするだけで改善しないのは予測できるか

ら、あえて「メニハニミエル」を貫いているだけだ。

何度確認しても、食費さえ捻出できそうにない財布を開いて閉じて、裕美子はこの先を考えた。塩をひと瓶百均で買って、毎日舐めながら過ごすか。砂糖のほうが空腹をしのげるか？　頭の中でシミュレーションするのは簡単だけど、実際そんなので持つはずがなかった。空腹はきっと、現状をよりみじめに感じさせる。

希死念慮が湧いてくるのはもう珍しいことではなくなっていたが、十代のころみたいに現実逃避はできない。あと八日ほどで家賃その他の引き落としの日がやってきて、残高がなければ連帯保証人の父のところに連絡が行ってしまう。

頭を抱えた裕美子の耳にふと、何年も前の父の言葉が浮かんできた。

「社会人になってしばらくは、給料だけでやっていけなくて、銀行からお金を借りていた」

サラ金に手を出すのは怖いけれど、銀行からなら悪いイメージもない。そう思わせることこそ銀行系カードローンの罠なのだろうが、綺麗事を言っても何も解決しない。

身分証明書になりそうなものと印鑑を持って、裕美子はキャッシュカードを作った銀行に行った。バイトのシフト休みが平日でよかった。

銀行の窓口の女性に、「カードローンのことで」と告げると、すぐに奥へ案内してくれた。担当の若い男性が出てきて、ローンの仕組みなどを説明される。

「お客様の収入ですと、五十万円までお借り入れが可能です」

「え、そんなにですか」

年収二百万円もない裕美子に五十万円も貸してくれて、大丈夫なのだろうか。

「枠自体は五十万円でご用意しますが、お借り入れは一万円からで大丈夫です。必要なときのために持っておくだけ、と思ってください。返済は無理なく、月々二千円からで、お借入金額によって変動します」

それなら、何とかなりそうな気がする。五十万も借りないだろうし、五万くらい一時的に借りて余裕のあるときに一括返済すれば利息もそれほどつかないだろう。

甘い見通しで、裕美子は申込書に記入し、捺印した。

これでしばらくお金の心配をしなくてすむと思うとほっとした。


それから、二年。

風でも食べて生きていければいいのに、と思いながら裕美子は値引きシールの張られた惣菜をかごに入れる。自炊する気力はない。アルバイトをしているけれど、カードローンの返済はまだまだ終わりそうにない。今日の買い物はクレジットカードでするつもりだけど、それも一括だとあとあと苦しいので分割払いにする。借入上限の五十万円の枠いっぱいまで借りてしまう日が来るとは思わなかったが、人生とは予想どおりにいかないものだ。

長く勤めていたアルバイト先に新しい上司が来て、その人とそりが合わなかった。向こうのほうが立場が上だから、あれこれいやがらせされても我慢するしかなく、ある朝布団から起きられなくなって、そのまま出勤できなかった。メンタルクリニックでうつ病と診断され、アルバイトだから休職ではなく退職することになった。それから三か月あまり仕事につけないままクリニックに通うだけの日々だったが、その間も家賃や光熱費や年金は支払わなければならない。住民税や健康保険も入れると毎月かなりの金額が必用だった。実家には頼れないし、カードローンを使うしかなかった。何かの手続きをすれば免除されるものもあったかもしれないが、煩雑な手続きをこなす気力がなかった。クリニックの先生以外、誰にも会わない日々が続いていた。

ようやく寛解して、短時間の勤務から新しいアルバイトを始めたけれど、時給は以前より下がった。正社員の仕事を探したこともあるが、たいしたスキルもなく経験もない状態では激務のブラック企業くらいしか相手にしてくれない。体力のことを考えたら時給が安くてもアルバイトのほうがよさそうだった。とにかく、安定して長く働きたい。そうでないと、返済が滞ってしまう。休職中も返済は続いていたので、新しく借りてはそれを返済に充てるという方法で乗り切った。

食べなければ生きていけないのは分かっているけれど、消費税も含めると支払いのたびに「高い」と感じてしまう。見切り品ばかり買ったところで、一日分を五百円以下に納めるのは難しい。器用な人なら一か月分の食材をまとめ買いして冷凍したり、上手に使いまわして節約できるのだろうが、裕美子にはその知恵がない。そもそも、電子レンジや冷蔵庫といった家電も未だ買えないままでいるのだった。

月の収入八万円は家賃と税などの支払いで消えるので、生活費はカードローンに頼っている。風を食って生きていけたら楽だろうが、人間なのでそうはいかない。娯楽を楽しむ余裕もない裕美子は、アルバイト以外の時間のほとんどを、自宅でネットサーフィンして過ごしていた。さいわいインターネットだけは、家賃に使用料込みで使い放題になっている。とはいえ、お金がなければネットショッピングもおしゃれもできないので、情報を得る楽しみも少ない。罵倒ばかりの掲示板を見ていたら気が滅入るので、うつ病になってからは見ないように心がけていた。今見ているのは、動物の動画や世界遺産の写真など気持ちが晴れるようなものだけだ。

裕美子は、自分では飼ったことがないものの、動物が好きだった。最初のころは、ペットを飼ったら楽しいだろうと想像を巡らせながら猫や犬の動画を見ていたが、このごろは野生動物にはまっている。風を切って走るチーターなどの肉食獣、鮮やかな色のフラミンゴ、氷の上で身を寄せ合うペンギン。海外の飼育施設の映像や珍しい瞬間を切り取ったものをながめていると時間が経つのが早く感じる。もし、自分が彼らのような動物だったらどうだろうと、見切り品の惣菜を食べながら裕美子は想いを馳せた。ローンの返済に追われることも、どこに行きつくのか分からない低賃金の労働をすることもない。命の危険と隣り合わせかもしれないが、一瞬一瞬を全身全霊で生きていけるだろう。

ヒトとして生まれた裕美子の人生は、生命の危機にこそさらされていないものの、めいっぱい働いたところで未来の保障のない不安定なものだった。フルタイムに復帰しようと考えるものの、八時間働いたところで手取りは十万円ちょっとにしかならない。考えないようにしているけれど、どこかで大きく舵を切らないかぎり老後資金も貯められないままだ。いっそ野生動物に生まれていたほうがよかったかもしれないとときどき思う。

生き物の生態を調べるのが好きな裕美子は、今日も新しい対象を探した。思考が暗いほうへ向かいそうになったら切り替えるようにと、うつ病だったときにクリニックで指導されていた。これまでに見た中では、コアラがおもしろかった。有袋類のコアラは群れを作らず、ほぼ単独で樹上で生活するのだが、ユーカリしか食べないため一日のほとんどは安静にしているのだという。要は活動エネルギーが足りないらしい。肉食まではいかないまでも、昆虫を食べるなどしてたんぱく質を補えばいいのにそうしない。ユーカリの中でも好き嫌いがあるようで、特定のものしか口にしない偏食家なのだそうだ。狩りもしないし、火事のときなど以外は積極的に動かないらしい。すべての生き物を神が作ったのだとすれば、いったいなぜこのような設計にしたのか、不思議でしかたない生物である。自然界にもこういう生き物がいるのだから、人類の中に役立たずがちらちら混ざっているのだって、不思議はないのかもしれない。裕美子は世の中の役に立っていない自覚があるのでひっそりと生きているけれど、中には犯罪に走ったりして迷惑をかける者だっている。私はただの怠け者だ、と自分に言い聞かせた裕美子はふと思い立って検索した。

ナマケモノ。

間の抜けた風貌のあの生き物について、この機会に知りたくなった。木にぶら下がり、はた目には楽に見える彼らも、「メニハニミエル」だけで、人知れぬ苦労をしているのだろうか。

ウィキペディアなどでナマケモノについて調べた裕美子は、「あ」と小さく声をあげた。ナマケモノはあまりに食事を取らないことから、「風を食って生きている」と信じられていたことがあるという。一日たった八グラムの食事で生きていけるのだそうだ。栄養をほとんどとらないから、一日二十時間ほど寝て過ごすのだとか。なんてエコで自堕落な生き物だと驚きながら読み進めていくと、さらにすごいことが書かれていた。

「ナマケモノは、たった八グラムの餌でも消化しきれず餓死に至ることがある」

「動きすぎるとエネルギーが不足して死んでしまう」

「動きが遅いため猛禽類に襲われやすく、捕食される際は抵抗せず全身の力を抜く」

あまりに不思議な生態だった。

今日この日まで彼らが命をつないで種が保存されていることすら奇跡に思われてくる。

神秘的な姿と謎に満ちた生態から、魔物扱いされていたこともあるそうだ。確かに、常に活動していることこそ生物の証なのだとしたら、ナマケモノは自然の摂理に反した悪魔の手先のようにも見える。

裕美子は、改めてナマケモノの画像を検索してみた。

微笑みを浮かべているような、すべてを悟っているような優しい顔立ちをしてこちらを見ている。

彼らはこのような複雑な生態に生まれついても、神を呪ったりはしていないのだろう。

鷹のように鋭い目で上空から地上を見下ろしたり、ライオンのように草食獣を狩ったり、猿のように群れの上下関係の中でボスをめざしたりしたいと考えたことがあるのだろうか。きっとないのだろうな、と裕美子は思った。戦うことは勝つ可能性もあるが、負ける確率もゼロではない。競争に生きて疲弊するより、すべてを放棄することを選ぶほうが賢いのかもしれない。最小限のエネルギーさえ消費しきれず、最期は諦めて脱力するというナマケモノの生き方を、裕美子は不思議と尊く感じた。

言葉を交わすことのできないナマケモノが何を考えて生きているのか、裕美子には分からない。けれど、彼らはプログラムされた独特のルールに従って生きている。なりたいと思っても簡単には真似できない生き方を貫いている。襲われたときに抵抗せず脱力するなどということは、ほとんどの生き物にとって不可能なことだ。裕美子だって、返済が難しいと分かっていながら借金をして生きながらえている。風を食うどころか、何も食べないで生きていくことすらできない。

ナマケモノのことを調べていたらあっという間に就寝時間になったので、裕美子はパソコンの電源を落とした。丸い目、柔らかそうな長い体毛、ずんぐりむっくりの身体に鋭い爪。さっきまで見ていたナマケモノの姿が残像となって脳に残り、その夜はナマケモノの夢を見た。

一時期ひどく悩まされたうつ病はいったん寛解したものの、気持ちが落ち込まない日がなくなったわけではない。出かけたいと積極的に思わなくなってから、休日も一日引きこもっている。買い物に行っても、借金で買っている自覚があるので、必要最低限のものしか見ないようにしていた。気持ちが晴れること自体が見つからなくなっている。

久しぶりに朝起きられなかった日、裕美子はバイトを休んでしまった。夕方あたりにようやく身体を起こせるようになったので、しばらく行っていなかったメンタルクリニックに向かった。不調を感じたら早めに対処しないと、長く休むことはできない。一度休職したことで、収入が途絶える不安をいやというほど味わっていた。ナマケモノのように低エネルギーで生きられたらいいが、裕美子の身体はそういうふうにできていない。

予約なしの受診なので一応受け付けてはもらえたものの、二時間以上待つことになった。

「以前担当された先生は本日お休みなのでべつの先生の診察になりますがよろしいですか」

「けっこうです」

面識のない人に会うのは苦痛だったが、カルテもあるだろうし、深く考える余裕がなかった。

「四十二番の方どうぞ」

プライバシー配慮の整理番号で呼ばれて、診察室に入る。

「おかけください」

こちらをちらりと見ただけの医師は、浅黒く日焼けし、サーフィンにでも行きそうな恰好をしていた。以前担当してくれた先生も白衣を着ていなかったが、もう少し落ち着いた印象だったので、裕美子は戸惑った。

「今度は何が悪いの」

着席されてすぐに尋ねられた。

何が、というのを裕美子は言葉にできなかった。

「えっと」

口ごもったら、医師は指先で机の角を軽く叩き、苛立った様子を見せた。

「他にも待ってる人いるの見たでしょう。一人の持ち時間は十分以内じゃないと回らないんです。ちゃんとまとめてから来てね」

裕美子はしかたなく、現状だけを伝えた。

「急にまた起きられなくなってしまって。気分が塞ぐんです」

「あぁそう。じゃあアレ出しときますよ」

医師は処方箋に薬の名を書いた。精神に作用する薬は長期的に飲む必要があるものも多い。金銭面が心配になった。

「あの、いくらくらいするんでしょうか」

「薬価？　そんなの気にするの。治りたいんじゃないの？」

もちろん、治したくないわけがないけれど。

「まあ飲んでみたら分かるでしょ」

いいね、とあっさり突き放されて、やっと言葉が出てきた。

「あの、やっぱりいいです。ちょっと考えます」

悪い予感のようなざわめきが胸に広がって、たまらなくなった。

裕美子の言葉に、医師は強い筆圧でカルテの薬の名に二重線を引き、うんざりしたように言った。

「いったい、何で来たの」

「すみませんでした」

裕美子は細い声で謝ってそそくさと診察室を出た。

来る前よりずっと、滅入った気分だった。

ここはサバンナでも森林でもないけれど、困っても救いの手を差し伸べられることはない。下手に弱音を吐いたりしたら、そこにつけこむ者のカモにされてしまう。

ナマケモノになろう、と裕美子は決めた。

何も感じない顔ですべてを受け流し、ダメだと思ったら諦めて力を抜く。もう誰かを好きになったり心が動いたりするような余裕さえないけれど、木の枝に爪を引っかけてぶら下がっているだけの力ならかろうじて残っている。

ナマケモノになろう。

その姿はきっと、はた目には楽に見えるのだろう。

翌日、裕美子はいつもどおり観光ホテルでのベッドメイクのアルバイトに出かけた。慣れるまで時間がかかったが、人としゃべらずに黙々とできる仕事なので何とか続けられていた。宿泊客がチェックアウトした後の部屋でゴミをひとまとめにし、風呂と洗面所を掃除してシーツを新しいものに換える。朝九時に出勤して午後二時くらいまでにすべての仕事が終わる。

バイトを終えてスマホの電源を入れた。仁美からメッセージが来ていた。

『久しぶり。ずっと迷ってたけど結局、アニメーターになるため勉強してるよ』

専門学校の夜間コースに通っていて、学費は高いらしいが、ローンを組んで分割払いしているらしい。

未来に希望を抱いていて、夢のためにアルバイトしている。遠めには、きらきらして見える。実際は、修了しても仕事につながることはあまりなく、技術を習得するだけで終わることも多いのだという。

『それでも、何も挑戦しなかったらただの非正規雇用で、税金払ったら何も残らない人生になっちゃう』

無理してでも何かしたかった、と仁美は語った。

『頑張ってね』

カードローンに頼った生活をしていることを、裕美子は話していない。

『ユミちゃんは何か、なりたいものある？』

大人になったらほとんど訊かれることのなくなった将来の夢。

社会人になってからのほうが人生は長いし、一つの仕事についたらそれで一生安泰なわけでもないのに、やり直しがきかないから、いったんつまずいたらずっとつまずいた人生を歩むと思われてしまうんだろう。

なりたいものなんかない、と送りそうになって、裕美子はふと思い出した。

『風を喰らう魔物』

かつて、不思議に満ちた生態を忌み嫌われ、魔物扱いされたこともあったナマケモノ。実際には、はるか未来に推奨される低燃費な生き方を実践している最先端の生き物かもしれないのに。

『何それ』

『秘密』

裕美子は細かく説明しないで、画像サイトで保存したナマケモノの写真を送った。

垂れ落ちそうに大きな丸い瞳が、こちらをじっと見つめているようだった。

審査員講評

第5回藤本義一文学賞
最終審査中

審査員長　難波利三

最優秀賞『海ホオズキ』（三島　麻緒）いわば皮膚感覚の身近で親しみ易い文章が、タケやんという自由人を余すところなく描き出す。浮世離れのする数々のエピソードは具体的で面白く、妙に郷愁をそそる。彼に注ぐ周囲の目線の温もりが心地よく伝わり、終盤「ほや。このバカモンは～」のところなど、大笑いしながらも胸が熱くなった。時代がずれるものの、気ままな人生を謳歌する愛すべき人物像が鮮やかに造形されている。

優秀賞『メンチカツと貴婦人』（室町　眞）登場人物のすべてが生き生きと浮かび上がるのは、作者の手腕だろう。特に「私」が初恋を知るパントマイムの女性が出色。二回目の東京オリンピックが間近に迫り、タイムリーでもある。

優秀賞『母の遺産』（北原　なお）いかがわしい生業《なりわい》の主人公が田舎の母が遺した信用貯金を手にする。だが改心のつもりはなく、善と悪との狭間で迷いながら東京へ戻る。その状況が達者な文章で描かれ、今日的な問題もはらんでいて興味が深まる。

特別賞『クオロ』（八月朔日　壬午）曖昧で不確かな高齢者の感覚が、自然を舞台に巧く捉えられている。情景描写が冴えるから、関西弁を喋る河童の生存がリアルに思える。飄々《ひょうひょう》としてどこかユーモラスな味わいが好ましい。

特別賞『縁側の日だまりに』（仁志村 文）三人の男と契《ちぎ》りを持った女の一生が語られている。どの相手との経緯もリアリティーに溢れ、こなれた文章で引き込まれる。苦労を洒脱した明るさに救われ、読後感は軽やかだ。

特別賞『家の谺』（磯間 帆波）空き家が主役で持ち主の中年男の若い愛人と、同世代の彼の娘との中味の濃い会話がストーリィの大半を占める。家という居住空間の真の役割は何だろうかと、改めて考えてみたくなる。

特別賞『ナツキの風』（今野 綾）命が尽きても厭わぬほど絶望的な境地に陥った主人公が、男の子の出現で助けられる。彼のお陰で疫病神《やくびょうがみ》から逃れられ、明かりの見えるラストが決まっている。

特別賞『風を喰らう魔物』（夏 青）貧民暮らしの主人公は生きるのに疲れ、ナマケモノになりたい願望を持つ。希望のない辛い話だが、ここまで徹底して書き込むとある種の感動さえ覚える。

眉村　卓

　一作一作のテーマとか方向性は違っていても、何か全体として大きな枠の中にある気がするのは、錯覚だろうか。そういうものを打破して欲しい。ああ、もちろん、どうせ書くなら全力投球をして頂きたい。と、そんな感じで読んでいったのである。
◎海ホオズキ＝スケッチというべきか――とメモにはある。この時代のこういう暮しということでは、悪くない。とは言いながら私の頭には「古色」という文字があった。
◎メンチカツと貴婦人＝話の格好がついているという意味では、こっちが海ホオズキよりもいい気がするが、ま、私の独善だろう。若い男の心理をすらりと書いている。
◎母の遺産＝面白いのだが、私にはよくわからんところもある。全体に大分手前勝手ながら、頑張っている印象。
◎クオロ＝まじめで奇妙で、なかなかいけるのだが、しかし、話はこれからではないのかと思ったのは、小説というものに対する考え方が違うのかもしれない。
◎縁側の日だまりに＝ま、よくできた作品というべきであろう。この人は自分の枠をどう大きくするかで、迫力が変わってくるかもわからない。

◎ナツキの凪＝危ないところを走っているという自覚が作者にあるかないかで、話をもう一歩進める場合のかたちが変わってくるのであろう。このやり方でどこまでいけるか。
◎家の谺＝このテーマにはいろんな書き方があって、作者はそのいくつかをわきに置いたのではあるまいか。可能性の多いテーマなのに、と思う。
◎凪を喰らう魔物＝これでもかこれでもかと押していくこれでいいのではないか。存在しないものを存在させてみるという気持ちがここにはあるようだ。

林千代

「藤本義一文学賞」にはキーワードがある。今回は『風』だ。

秋風、隙間風、嵐…等々、ふと思いついたイメージは男女間の別れ話などよくない関係。しかし、手元に届いた十七作品にはそんなありきたりの内容の作品はなかった。

一番に『海ホオズキ』を推した。

決め手は戦後の陰を色濃く匂わせる時代背景。その頃、どの町にも子供が気楽に立ち寄れる家があった。主人公の少年にとって、むさ苦しい独り身の男の住まいは遊び場。海辺の母の実家に行った折、近所の独身のおばちゃんから海ホオズキを貰い、男に分け与える。器用に鳴らす男。その男とおばちゃんが見合いする。ホオズキの鳴らし方が上手いと褒められるが見合いは断られる。それを機に男から石鹸の匂いが漂い始める。男の変化に笑えた。更に、男は絶えず海ホオズキを口に含ませきゅきゅと鳴らしている。見合い相手の女性に好意を持った男の心がいじらしい。ホオズキの使い方が上手い。

『メンチカツと貴婦人』は航空機に魅せられた男の話。女たらしの父親。子供を置いて家を出た母親。出来のいい継母。賢い兄。初恋が父の愛人。などと複雑な家庭の中に育った主人公は「空の貴婦人」と呼ばれるDC8―32型「富士号」の優雅なフォルムに魅せられる。深刻な問題を抱える主人公に「空の貴婦人」が与える影響はなんだったのか。ラスト、「空の貴婦人」に会いに行く。この流れから兄や主人公の結婚話しは必要ないのでは。人間不信の主人公にとって「空の貴婦人」こそが恋人だったのでは。曲解かも。

『ナツキの風』『金曜日の美術館』は主人公が立ち直る小説。落ち込んでいてもちょっとした出来事に遭遇、人との出会いに希望を持つことが出来るその展開に読者が元気づけられる。小説を読む醍醐味。

『母の遺産』は、この世を去る母性の深い思いが伝わった。母親は底辺で生きる息子のことを熟知していて、死後に目にするであろうと信用貯金通帳をつけていたのではないのか。主人公の性格を考えれば、隣家に駆け込むシーンは違和感を覚える。息子への戒め。しかし、人間はそう簡単にかわるものではない。主人公もしかり。母の気持ちを思い心がざわついた。

田中　啓文

今回の最終候補作は昨年よりも全体にクオリティが高かったという印象だが、「これは！」という突出した作品もないように感じた。こじんまりとまとまったものより、小説の可能性をぐいと広げるような気概のある作品や破天荒な作品も読ませてほしい。また、同じようなトーンの暗い作品が多く、その暗さも離婚、不倫、病気、小犯罪、身内の死、虐待…といったワードを使えば暗さが出るだろう、というレベルのもので、掘り下げが足らないのではないかと感じた。

そういうなかで私が一番推したのは『クオロ』で、河童と人間の交流というありがちなテーマながら描写が丁寧でリアリティがあり、細かいアイデアも豊富で表現力もある。ラストも秀逸で、とくになにも起こらない話ではあるがユーモアもあって上手いと思う。

『海ホオズキ』は登場人物がどれもいきいきとしていて、ローカルな味わいがあり、力強い。これもまたなにも起こらないが妙な魅力があって読ませる。

『母の遺産』は暗い作品が多かったなかで着想とその展開に独特のユーモアがあり、人間の業の肯定とラストのほんの少しの救いが藤本義一作品に通じるものが感じられた。

『縁側の日だまりに』は文章力があり、読ませる。男性遍歴を回顧する内容だが、この枚数では書ききれていないのかもしれない。でも、三人の男性それぞれの描き分けやラストのややもやもやしたオチの上手さなどに惹かれた。

『メンチカツと貴婦人』は高評価の選者が多かったが、個人的には無言での会話でここまで細かく伝わるのか、という点が引っかかった。だが、読みどころも多い。

『ナツキの風』は、孤独な病人の心理をていねいに描いておりおそらく読者は感情移入できると思うが、こどもの描き方、絡ませ方なども含めてややありがちな展開ではないだろうか。

『風を喰らう魔物』は文章力があり、題材もたいへん魅力的だが、肝心のナマケモノと主人公がいまひとつ重ねあわされていないように思えた。メニハニミエルという言葉についても未消化では？

『家の谺』は、家というものを主人公にした点は面白いし、一種のサスペンスが感じられる書き方は上手いと思うが、話の展開はやや類型的に感じた。多視点のコントロールにもやや疑問がある。

藤本芽子

「会話」は風だ。と、今回思った。

漫画の表現で、人物の言葉が様々な形のバルーン（吹き出し）に入って浮かんでいるように、小説でも会話の「カギ括弧」の中の言葉は、効果的に物語を揺らす。また、ひと言ふた言の会話の隙間に、それまで読者を捉えていた何かが風の様に消えていく怖さも感じた。

『家の谺』・・・主のいない家の窓は遠くを眺める人の眼にも見える。無邪気に投げ込まれた物を、女も家も黙って孕んでいる。娘の正体は未来から来た自分の子ではというあり得ない妄想も「風の町」の一角にある秘密基地では、ひょっとしたらと思えてしまう。

小さな頃、忍び込んで遊んだ空き家。置いていかれた物がもつ寂しい温かさは、家の谺の気配だったのかも…と、個人的な記憶と共に、今回一番印象的な作品でした。

『母の遺産』・・・詐欺師紛いの息子を一瞬マジか！と思わせる通帳を造る（偽造レ

ベル⁉）善き人である母。きっと真の悪人にはなれない血を受け継いだ事が母からの遺産。地味にチョイ悪な親父や善き隣人。反省無さげな物語の行間から湧いている不思議な清らかさが好きです。

『メンチカツと貴婦人』・・・主人公の頭上の深く青い無風の空を、貴婦人たちが横切ってゆく。揺れるものばかりで綴られた見事なバランスの作品です！

『縁側の日だまりに』・・・つむじ風に小さな波風、最期には風になる覚悟の主人公。風に吹かれる柳のごとく、悲劇で喜劇で、なぜか憧れてしまう女の一生なのでした。

『風を喰らう魔物』・・・八方塞がりのお話なのに、ザザーっと勢いよく駆け抜ける風を感じました。特に中盤の動物の特性に関する記述に。伝えたいことを真っ直ぐに書ける作者の強さが、主人公と物語に力を与えた作品だと思いました。

『クオロ』・・・軽妙ながら細部がリアル。作者は河童と知り合いなのでは…不純物が溜まって水に還れない河童が人間なのでは…などと思ってしまいました。

『ナツキの風』・・・重い扉を開けてくれた少年も、重い扉の中に居た。小説より奇なる現実がそこここにありそうな世の中で、大丈夫も小さな嘘だよと伝える作者の優しさと強さを感じました。

『海ホオズキ』・・・審査が終わるまで、作者の方の年齢はわからないのですが、体験しないと書けない音や色や匂いがあることを改めて感じました。自分の表現でその時代を継いでゆくのが、書くことの原点なのだなと。おめでとうございます！

第5回藤本義一文学賞　最終選考17作品一覧

受賞名	タイトル	氏名	居住地
最優秀賞	海ホオズキ	三島 麻緒	愛媛県
優秀賞	メンチカツと貴婦人	室町 眞	東京都
優秀賞	母の遺産	北原 なお	長野県
特別賞	クオロ	八月朔日 壬午	兵庫県
特別賞	縁側の日だまりに	仁志村 文	東京都
特別賞	ナツキの風	今野 綾	茨城県
特別賞	家の谺（こだま）	磯間 帆波	千葉県
特別賞	風を喰らう魔物	夏 青	岡山県

タイトル	氏名	居住地
風の道標	蓮見 仁	千葉県
神風のいたずら	長谷川 のぞみ	滋賀県
人事異動	長谷川 和正	兵庫県
杣（そま）の森	深尾 千賀	東京都
風の伝道師	山口 浩成	東京都
65 歳徴兵制	田村 智	東京都
質草物語	もり はじめ	千葉県
金曜日の美術館	ふじしろ さや	静岡県
風売り	戸田 和樹	京都府

作品データ：（男性 253 / 女性 179）（年齢別：10 代 9 / 20 代 36 / 30 代 36 /40 代 50 /50 代 98 / 60 代 121 / 70 代 64 / 80 代 17 / 不明 1 ）（東京 78 / 大阪 74 / 兵庫 33 / 神奈川 28 / 千葉 26 / 京都 22 / 埼玉 13 / 福岡 12 / 北海道 11 / 広島 10 / 茨城，静岡，滋賀 8 / 岐阜，長野，奈良 7 / 愛知，和歌山，香川 6 / 宮城 5 / 山梨，福井，石川，岡山，徳島，愛媛，熊本 4 / 栃木，大分 3 / 秋田，岩手，山形，福島，群馬，三重，鳥取，山口，長崎 2 / 新潟，富山，島根 1 / 海外 2）

文学賞総評

中田有子（藤本義一の書斎～Giichi Gallery～館長）

藤本賞創設からはやくも5年が経ちました。応募してくださった皆様おひとりおひとりに、そしてかかわってくださったすべての方々に感謝の気持ちをお伝えしたく思います、本当にありがとうございました。

年々過酷になる夏の暑さですが、今年は少し違いました。締め切り日が近いのにそんなに気温が上がらず、もしかしたら今年は…という期待も束の間、連日危険な暑さが続くようになりました。

毎年8月の半ばごろになると、発表はまだかという声がどこからか聞こえてきます。A4 10枚の作品をお一人あたり100以上読んでくださる選考委員さん、想像しただけで大変だとわかっていただけると思います。10月末の表彰式の日に作品集を受賞者の方々にお渡しするため、その1カ月前には初回の校正を終わらせなければならず、そうなると遅くともそのさらに10日前までには受賞者を決定する必要があり、最終選考の審査員さんに原稿の束をお渡しする日はそれよりもさらに…とさかのぼっていく感じで選考の日程が決まります。

それならば、選考委員さんは締切日まで待たずに到着順にどんどん読んでいけばいいじゃないかと思われるかもしれませんが、それがそうはいかないのです。ほとんどの方がそうであるように、締め切りぎりぎりまで推敲を重ねられるので、締切日の数日後が到着のピークになります。今回の応募総数は432篇、到着順に通し番号をふるのですが、200番の方の消印は7月17日でした(応募がまぎわになってすみませんと書き添えてこられる方が多いのですが、いえいえこちらこそ気を遣わせてしまってすみませんと心の中でつぶやいています)。

実家にある処理速度がそれほど速くないコピー機で、1作品につき数部づつコピーをとり抜けたページがないか確認しホッチキスでとめ（これは数人がかりでやります)、そんなこんなで選考の方に発送をすべて終えるのはいつも7月末日近くになります。藤本賞の規定にはクリップ使用でとさせていただいているのですが、なぜかひもとじやホッチキスの方も結構おられ、ひもやホッチキスの針をとってコピー機にかけるとかなりの確率で紙が途中でひっかかってしまってうまくいかないので、機械のフタを開閉して1枚ずつコピーをとることになります。こだわりがおありだとは思うのですが、細かい規定にはなにかしらの理由がありますので、よく読んで守っていただきたく思います。

選考結果については審査員の先生方が書いてくださいますので、私は選考さんのことをと思いつつ、途中からすっかりぼやきになってしまい申し訳ありません。このページがいつもなかなか書けないので、今年はたる出版の担当の方が助け船をどんぶらこどんぶらこと流してくださいました。父が亡くなった直後に月刊たる誌で組んでくださった特集号に載せていただいた文章です。炎のようなと評されることの多い父ですが、お父さんとしての藤本義一（本名はふじもとよしかずです）はそうではありませんでした。今回のキーワードは『風』、小さい動物や日常のちょっとした風景がお気に入りだった父には『風』のほうがあっている、と感じとっていただければうれしいです。

父のこと

「じじちゃんかっこいいねぇ。でも、俺の知ってるじじちゃんと全然違う…」。父の追悼番組を見た次男の感想である。対談で母や妹も言っているように、うちでの父はいつもどこかおどけたところがある人だった。そのせいか、中身のある話を随分したはずなのに、思い出すのは日常の何でもない会話ばかりだ。オレがせっかくいっぱいええ話したったのに…と大げさに嘆く父の顔が思い浮かぶ。

車の免許を取ったばかりの時、よく隣に座ってくれた。運転したくてたまらない私と運転知識がない上にお酒が入って上機嫌な父の夜中のプチドライブは、今思い返しても無謀だったと思うが、狭い道に突入して泣きそうになった時、横で、えらいことになったなぁ、どないしたらええんかなぁと脳天気につぶやかれると、かえって、何とかがんばろうという気持ちになれたのが不思議だった。

堺に住んでいたころは、よく、自転車の後ろにのせて家の周りを走ってくれた。近くの商店街の床屋についていき、帰りに付録付きの雑誌を買ってもらうのが楽しみだった。スイートポテトはここのんが一番うまい、と同級生の店をひいきにしていた。

大学受験の時、でかける準備をしていると父が阿波踊りのように手をヒラヒラさせてがんばれよぉ～と言いながら部屋に来た。普段夜通し原稿を書いて昼前まで寝ているのに、何か言ったらなあかんと思ってくれたのだと思う。

照れ隠しの言葉やしぐさで、いつも充分に気持ちが伝わってきた。二人の息子のことも、将来何になるんやろう、どこの高校に行くんやと最後まで気にしてくれていた。

父が亡くなった次の日、葬祭場で係の人から書類を一通手渡された。記入するのにかなり抵抗はあったが、恩返しの気持ちを込めてできる限り丁寧に書いた。私の出生届を書いてくれている五十数年前の父の姿が、そのとき一瞬見えたような気がした。

「月刊たる」二〇一三年二月号

「サヨナラだけが人生だ」と
言われますが、藤本さん。

大森一樹（映画監督）

（おおもり かずき） １９５２年大阪市生、京都府立医大卒。高校時代から８ミリ映画を撮り始め、１９７７年、シナリオ「オレンジロード急行」で城戸賞受賞、翌年同映画化で劇場映画監督デビュー。以後、80年に自身の医学生時代を描いた「ヒポクラテスたち」（監督・脚本）、81年に村上春樹原作「風の歌を聴け」（監督・脚本）、88年には「恋する女たち」「トットチャンネル」（監督・脚本）で文部省芸術選奨新人賞受賞。89年から平成ゴジラシリーズを手がけ、「ゴジラVSビオランテ」「ゴジラVSキングギドラ」（監督・脚本）他脚本２本を執筆。他に、SMAP主演の「シュート！」（94・監督）「緊急呼出し～エマージェンシーコール」（95・監督・脚本）「わが心の銀河鉄道～宮沢賢治物語」（96・監督）、「悲しき天使」（06・監督・脚本）など30本近い作品がある。最新作の日本ベトナム合作映画「ベトナムの風に吹かれて」（15）は、ベトナムでも公開。また、近年日本映画の若手監督を数多く輩出している大阪芸術大学映像学科で、２００６年より学科長を務め、若手映画人の育成に携る。日本映画監督協会理事。

もちろん、私も『11PM』で「藤本義一」の名を初めて知った一人である。それは、中学2年生にとって、男の世界へ誘ってくれた特別な大人だったといってもいいほどだ。それでも、マスメディアが「藤本義一」といえば、「『11PM』の」（当時、低俗番組という言葉さえあった）という枕詞で、軟派の代表のように紹介されるのにはいささか抵抗がある。確かに、文筆を生業としているにもかかわらず、活字ではなくテレビという媒体でその名を知られたという意味では、時代の波に乗った軽さが記憶に留められるのかもしれないが、少なくとも私にとって、テレビの「藤本義一」は『11PM』だけではなかった。

70年代、NHK教育テレビでは、『若い広場』という当時の高校生、大学生向けの、今でいうトーク番組があった。そこでの「藤本義一」は、当時の怒れる若者たち、あるいはシラケ世代の心情と発言に真摯に向かい合う硬派の進行役だった。とりわけ、NHK大阪が取り上げていた若い世代の映像の特集は、高校時代から8ミリフィルムで映画を作っていた私には、自分のアイデンティティを左右する極めて大切なものだった。その番組に、8ミリ映画の審査でゲスト出演したのが、確か藤本さんと直接顔を合わせた最初だった。藤本さんは、たかが高校生の自主映画作品に実に丁寧で的確な感想を語られていた。それが、映画への愛情と造詣の深さだと知らされたのは、後で、映画脚本家として川島雄三監督を師と仰ぎ、宝塚映画を経て大映で勝新太郎の『悪名』シリーズ、田宮二郎の『犬』シリーズの脚本を手懸けられたとお聞きしてだった。映画青年を気取っていた自分の不明を恥じると同時に、まるで「生きている日本映画史」ではないかと感動したことを覚えている。

以後、お会いする度に、藤本映画史のさわりを聞かせていただいたが、今でも思い出すのは、『悪名』シリーズの脚本で、勝新の八尾の朝吉親分が、弟分のモートルの貞、田宮二郎に、知り合いの親分が胃癌(いがん)で死んだので葬式に行って来てくれと頼み、葬式から帰ってきた貞が朝吉に言う台詞、「親分、いがんで死んではりませんでしたで、棺桶の中で真っ直ぐでしたで」――日本全国上映の映画でこんなギャグ、関西でしか通じないと没にされた話。「どう思う、大森君?」といかにも残念そうに言われるので、「面白いですやん、いつか僕の映画で使わせてください」と答えたが、その約束は未だ果たされないままだ。

25歳で私が初めて松竹の商業映画『オレンジロード急行』を監督した時、この映画を大きく取り上げてくれたのは、読売テレビの『11PM』だった。〝日本映画の若手のホープ〟としてゲストに招かれた私は、ようやく「『11PM』の藤本義一」とテレビの中で出会った。中学生で初めてテレビの藤本さんを見てから10年が過ぎていた。

再び、テレビの中で藤本さんと並ぶことになったのは、1995年の1月16日。朝日放送の『お笑いグランプリ』の審査員の席だった。8ミリ映画からお笑いへ、以後数年この番組で、笑いの芸について藤本さんの見識に触れることになるのだが、それよりも鮮烈な記憶として残るのは、この日、審査を終って別れた12時間後、私たちはそれぞれ芦屋と西宮で大震災に遭遇することになったのである。

阪神大震災後、藤本さんは被災遺児のための「浜風の家」を立ち上げられ、私は被災した自宅マンションの復興工事に奔走することになったのだが、その間に、震災時のトラック輸送をテーマにした映画『荷物をおくる 心をおくる』をトラック協会のために、藤本さんが企画プロデューサー、私が監督して作った。それは、私の「生きている日本映画史」との唯一の映画作品となった。芦屋の奥池の藤本別荘の新年会に、家族そろって行かせていただくようになったのも、震災以降だ。その頃まだ幼かった子供たちは、そこで繰り広げられた独創的で珍奇なゲーム大会の数々を今でも覚えている。また、震災から10年以上経っても、地方の防災のシンポジウムなどで顔を合わせることも幾度かあった。今思えば、あの日を境に、私的から公的へ、藤本さんとの関係はさらに変わっていったようだ。

同じ阪神間で被災した体験もさることながら、それまでの出会いがいつも在阪テレビ局であったことは、私たちがずっと同じ関西にいたからに他ならない。関西出身の映画監督のほとんどが活動の場を東京に移していて、その仕事ぶりを目にしていると、関西在住であることのハンディを感じないこともないが、それでも、東京に住む気にはなれない。それが何故なのかというと、実は正直なところ、はっきりとした答えはない。藤本さんに聞けば、どう答えられただろう。「場所やないよ、時代やろ」と言われたような気がする。

深夜番組から教育テレビ、8ミリ映画、『お笑いグランプリ』、そし

て大震災と半世紀近く。私にとって「藤本義一」という名には、いつも「その時代」があった。だからこそ、「次の時代」でもうその名に出会えない哀しみは、とてもとても深い。

「月刊たる」二〇一三年二月号

藤本義一―「風」にまつわる3作品―

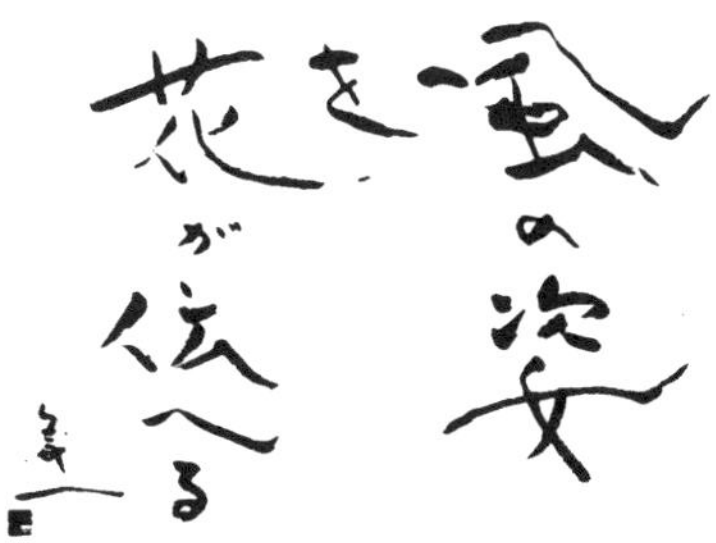

画／藤本義一

『生きものの情景』一九七四年毎日新聞社より

ヘミングウェイの『老人と海』の中に、老人が、アフリカの原野に遊ぶライオンの夢を見る個所がある。ぼくは、あの部分の描写が好きなのだ。あの部分がなければ、あの作品は名作にならなかったと思う。

夜半、原稿を書き終わって、夜明けの四時か五時に床に就く時はしばしばだが、こんな時は神経が尖っていて、なかなか眠りにつけないものである。こんな時に、ふと、ぼくは『老人と海』の文章を思い浮かべ、そして、アフリカを思い出す。

夜明けのアフリカは素晴らしい。アンゴラの首都ルアンダのホテルまでの道で、二メートルの毒蛇をジープが轢いた。タイヤの感触は、まるで丸太ん棒を轢いたようでゴツンときたものだ。ノバ・リスボアのマーケットとはいえない露店には、固いかたい蜜柑のような果物と、干した一メートル近くのトカゲが下がっていて、一匹というより一本が一〇エスクードなどと書かれていた。日本円では三十円と少しというところだろうか。その横にはＭＰＬＡという紙が貼られていたので、トカゲのことをそう呼ぶのかと思っていたら、これはアフリカ人の闘争本部の略で、ザンビアに本部をもつアンゴラ解放人民運動の宣伝であった。しかし、白昼の砂塵が舞う小さな小さな市場を黒い足がいくつも歩いていくのが浮かんでくる。アンゴラの南のナミビアとの国境にはキュネネ川があり、ぼくは、その流域をテントで移動したのだが、夜明けの冷気の中に跳躍する鹿たち、野牛たちの動きは、美しいの一言だった。ちょっと想像できない跳び方をするのだ。体重五〇キロから八〇キロぐらいのアンテロープが、なんと一跳びで高さは一メートル、幅は八メートルぐらいなのだ。それもスローモーション・フィルムを見ているようだ、ふわりと空中に舞いあがるといった具合で、はじめに、その跳躍を見た時は、夢ではないかと思った。いっさい、音がないのだ。群れが一陣の風のように移動して、夜明けの原野に消えていったのである。

「射つか」
「射つな」
これが同行のハンター五人の合言葉であった。美を乱すのを、われわれは極度に懼れていたわけだ。

それにしても、あの毛艶の美はどうだろう。つややかという表現に光をあてた具合だった。ビロードの黒や茶や白の波が、筋肉の線に沿ってのびていく様子を、なんとか文章にしたいと思うのだが、とうてい無理である。跳躍の時、前肢は見事な屈折で、後肢は伸び、胸の白い毛は羽毛のようにそよぐ。そのあたりの風が一瞬、停まったようだ。

そんな野生の動物たちを見た目でヨーロッパの街角に立った時、流行のヒッピーたちが群をなしている。ヒッピーもまた人間社会では野生ではないのかと思う。それなのに、その皮膚の色、髪、衣装はどうだ。垢でよごれ、異臭を放ち、同じ野性でも、月とスッポンではないか。どこに動物たちに誇るべき人間の美があるのだろうと疑わざるを得ない。不潔が野性の代名詞のような面構えは願いさげにしてほしいと叫びたくなる。都市の空気が汚れているというのは理由にならないだろう。野性には野性の美がなくてはならないのだ。

それにしても、あれら野性の動物たちは、動物園の檻の中で人工的に水をかけられたりしている動物よりも、つややかに美しい理由はいったいなんだろう。夜明けの集団の水浴びだけが理由ではなさそうだ。では、彼等の生活そのものが躍動的なのだろうか。それだけとは思われない。彼等は、外敵の危険をつねに身に感じていて、のびのびとした生活ではないはずだし、沼にはメタンガスが充満していて、美しい水際にはワニがいるわけだから、とそこまで考えると、彼等の野性の美は、毛艶にしても、目の輝きにしてもつねに緊張しているからではないかと思うのだ。緊張感が皮膚、汗腺の働きを敏感にしているからなんだろう。

とすると、人間も同じことがいえるのではないかという気がしてくる。なんとなく時間を過ごす人種と、緊張の時間の中にいる人種とでは、その差が大きいのではないか。つまり、生気というやつである。

映画会社に入った時、徹夜でシナリオや絵コンテをつくった監督の顔には脂肪が浮き、無精鬚が生え、唇はかさかさに乾いていたが、それは男の美であった。それに引きかえ、時間つぶしに徹夜で麻雀をやっていた男たち（助監督）は、同じ皮膚の荒れでも、なんとなく薄汚なかったようである。精神的な充実感の差が、両者の間に歴然とあったような気がするのだ。結局、あれと同じことではないだろうか。

人間には最後まで「完成」ということはありえないと思うが、完成に近づく未完成と、完成を放棄した未完成とは、はっきり分かれているのではないだろうか。あの野性の動物たちは、まさしく生命の完成を狙っていたのだろう。

数学者岡潔先生の死生観

もう十年になるだろうか。いや、もう少し前かも知れない。数学者の岡潔先生を奈良にお訪ねしたことがあった。

「それは無理だ。あの人は動物的な勘のようなものがあって、絶対に会えないからな。無理だな」

A新聞の記者がいう。彼は何度も足を運んで何ヶ月目かにようやく原稿を手にすることが出来たというのだった。ぼくは、その話を耳にして、絶望的になったが、動物的な勘というのが面白いので、どういうことなんだと聞くと、

「岡先生はな、朝起きると、プラスの日かマイナスの日かを自分でお聞きになるのだ」

「お聞きになるって、誰に……」

「それは自分にだな。そして、プラスの日であれば、大学（奈良女子大学）の講義に出られるが、マイナスの日では、お出にならないのだ。この間は、連日マイナスであったそうだ」

大変なことになったと思った。ぼくが先生に会いたいのは、先生の身辺を見まわして、それを芝居に仕上げたかったのである。「ま、行ってみる」と、ぼくがいうと、その記者

は、実に気の毒そうな顔で、まあ、行ってみなさいよといい、多分、駄目だろうというふうに眉根に皺を刻んでいったのだった。

ぼくは、早朝に家を出て、とにかく朝早く岡先生の格子戸を開けたのだった。当時、先生のお宅は、実に奇妙な家であった。四方が雨戸に閉ざされていて、雨戸を開けば、四方から風が吹くような塩梅で、どういったつもりの造作(ぞうさく)かなと疑い、次には、これこそ人間の棲む家の構造ではないかと思ったのであった。

「お早うございます」

「はい、お早う……」

白髪の先生は、その異様なほどの長い指で白髪を掻きあげ、猛禽類の如き眼差で、凝っと見ていらっしゃるのだ。

「先生、今日はプラスの日ですか」

「はい、そう、プラスの日です」

「よかったです」

「はい、よかったです」

こんな会話の後、座敷に通されたのである。ここで、ぼくの持って行った手土産をめぐって、実に珍妙なやりとりがあるのだが、別の随筆に書いたので詳しく触れないでおこう。かいつまんでいうと、カステラを持って行って、先生は大きすぎるので半分持って帰りなさいといわれたのである。

その日は、三時間、たっぷり、数学の話を聞いた。数学というより文学であり、哲学であり、何百分の一ぐらいしか理解できずにいたわけである。カント、ヘーゲル、キェルケゴールと名前だけはなんとか知っている哲学者の名前が出て来たり、万葉集の朗詠から突如として夏目漱石論になったりした。

「言葉は、実に無限の宇宙を構成していると思いませんか、君」

「は、そう思います」

「思えばよろしい。言葉を通じての感情の交換は無限の宇宙であります。それが人間という動物なのです。動物という動物も、この無限の感情をもって生きているのです。生とか死とかいうのは、それを如実に語り合っているのではありませんか」

うーん、そうであると思い、返す言葉を探していると、先生は言葉を継がれたのであった。

「君、テレビの時代劇で、斬る人がいて、斬られて死ぬ人がいますね。芝居でもね
……」

「はあ、殺陣ですか」

「あのね、斬られた人、どこへ行くのですかね。死体が消えているでしょう。画面から、ふっと消えてしまう」

「そういえば、そうです」

「芝居でも、斬られると、たたっと見えないところへ行って死ぬでしょう。あれは、綺麗ですねえ。ああいう死に方は、なんていうのですか。感動ではないですか」

「はあ、はあ……」

「たたた、ぱっとね、消えてしまう。あれはいいですよねえ。いいですよ。あれは無言だけれども、無限の言葉がある感じではないですかねえ……」

「歌舞伎でいう様式美というのがのこっているのではありませんかねえ。え、そうですとも。死体が舞台や画面の中にごろごろしているというのは、みっともないですからねえ」

ぼくは、自分のいっていることが、虚しく空転しているのを悟ったのであった。先生のおっしゃっている要点との差が、次元が違い過ぎるのではないだろうかと思ったのだ。

その時、先生は、枝のような手を伸ばしてテレビのスイッチを入れられた。と、そこに数匹の猫の親子が映ったのだった。

「あ、猫、食ってます。猫舌でね。いいですねえ。生きているのです」

先生は、ぐっと上半身を前になさったのである。

「猫がミルクを飲んでいますねえ。無心ですからいいのです」

先生は、映りの悪い白黒テレビを凝っとごらんになっている。音は全然聞こえないのだ。午前中の子供向きの番組で、解説が入っているわけだが、声は絞られているので、その画面がなにを語りかけているのか、さっぱりわからない。

「生きるということは、無心です。無心の向こうに無明の世界があるのですから、生きている時は、無明の前の無心が尊いのですねえ」

そらきた、とぼくは緊張するのだ。先生の随筆の中には、頻《しき》りに「無明」という言葉が出てくる。冥府とも解釈出来るし、その向こうにある海暗《うみくら》のような気もする。つまり、現世で生きているものが想像する「あの世」であって、あの世の向こうにひろがる荒涼とした風景、闇のような気もする
「あ、一匹が食べるのをやめて、舌なめずりをしていますね。あれは、満腹したんでしょうねえ。あれでいいのです。まだ食べているのもいる。きっと、ペチャペチャという音でしょうねえ」

ぼくは言葉を挟む余地もなく、画面と先生を交互に見ているのだった。先生は目を細め、猫の動きをいつくしむ眼差でごらんになっていたが、画面がかわって、ヨーロッパ

の街角のような風景が出てくると、さっさとスイッチを切られたのである。そして、鋭い眼差を、深く窪んだ眼窩の奥から、凝っとぼくに注いで、

「猫は死ぬと姿を隠しましょう。あれは尊い行為です」

と、おっしゃったのだ。ぼくは、猫が自分の死骸を人目に見せないので、不気味な動物だと思っていたのだが、先生にとっては、それは尊い行為であるのだ。

「人間は、死んだって、あんなふうに出来ないでしょう。死んだという証拠を見せてしまう。あれは恥ですッ！」

先生の声に、ぼくは飛び上がらんばかりに愕いたのだ。もう、先生は、目の前のぼくの存在なんかは考えずに、世間に、人間俗世界に向かって吼えていらっしゃるとしか思えなかった。それほど、激しく、厳しい語勢なのだった。

「あ、あれは……」

苛立ったように長い白い眉毛がひくつき、喉に痰が混じり合って、ごろごろと鳴り、眉が猫のヒゲで、喉の鳴り具合もまた猫のように思われるのだった。

「人間が死ぬ時まで無心でいない証拠です。生きることに執着し過ぎるから、あんな恥っさらしをしてしまうのですよ。うん、弱った、弱った、困ったことです。猫は、それをちゃんとわかって、悟りの境地に入っているわけで、あれは偉いのですねえ」

先生の目がなごんで、またも枯木のような腕が伸びて、テレビのスイッチを入れたのである。画面には、ぼんやりと大都会の俯瞰図が映し出された。

先生は、すぐにスイッチを切られた。先生の考えでは、ひょっとすると、また猫の親子が映し出されていると考えられたようであった。

「あ、違う！」

先生のいわんとされるところは、生きることに無心であれば死に対しても無心であれということらしい。話は次々と飛躍して、またも「無明」の哲学的考察になったのだ。その中に、面白い表現があった。十二支の中に猫がいないが、あれはお釈迦様よりも、猫の方が死に悟りをひらいているからではないだろうか、という珍しい意見であった。凡夫のぼくには、そのところの解釈だけが読みとることが出来たのである。

その後、先生をぼくは無遠慮に観察した。マイナスの日には敗退し、プラスの場合には先生の行動を観察しつづけたのだ。

ある日、一匹のカゲロウを先生は蹋んだまま、凝っと見ておられたものだ。僅か数時間の生命のカゲロウは、食べる必要もないので口の器官さえも退化している。しかし、生まれてきた限りは、一所で懸命に生きていこうと努力している姿が、大変尊いと先生の目に映っているのだ。

「偉いですねえ。この君は偉いです」

カゲロウを「君」づけで呼んだ人を見たのは、はじめてであった。

「風に吹かれまいとして、やっているではありませんか」

その、青い、透明といってもいい卑弱な体は、柱のちょっとした窪みに、しっかりと取りついて、風に揺られているのだった。たしかに、それは生きていた。

「人間がもし、これだけの寿命だと約束されたなら、とても、こうは出来んでしょうねえ。出来ん、出来ん。弱った、弱った、困ったことです」

先生は白く長い眉毛の端がカゲロウの羽に触れる距離で、いつまでも見ておられた。

『掌の酒』一九九五年　たる出版より

蒸溜と醸造の水滴

この一冊に収納された酒の掌編《ミニボトル》の半分以上は、深夜に酒を飲みながら書いたものである。原稿用紙八枚（三千二百字）の短編は、酒飲みながら二時間か三時間というのが最も適している。

二十枚以上の短編になると、それなりに構成を立ててメモをとり、章をどうするかを考える必要があり、酒飲みながらというわけにはいかないが、六枚から十枚の掌編となると、頭の中に非現実の世界を組み立てて、楽しみながら書くことが出来る。

しかし、この場合は、体調が大きく左右する。すらすらと一杯か二杯のオン・ザ・ロックスを飲みながら八枚を書き上げる時もあれば、二枚から三枚目で立ち止まってしまうこともある。この場合は、障がい物を越すために、どうしても酒量が増すことになる。後で考えてみると、そういう時は風邪などの兆候があったり、昼間に動きまわったりしていることが多い。左脳が鈍化し、右脳の発想が弱っているのだろう。文字を書いていると、この状態が実によくわかる。筆圧とか文字の大小でも判別出来る。ワープロだとこれがわからない。だから、おそらく死ぬまで万年筆で書いていくだろう。

文字を書いていくと、急に発想がパタッと止まることがある。凪がやってくる。この予測は出来ない。順風満帆だと思っていたら、風が急に熄む。こういう時は慌ててはいけない。余計に迷路に入り込んでいく。これは四十年の経験で知っている。次の風が吹くまで、ゆっくり酒を楽しんでいればいい。

すると。頭の中で蒸溜酒の水滴が生れてくる。この1ccが落ちる時に文字になる。が、物語によっては醸造酒の場合がある。これは気永に発酵する瞬間を待たなくてはいけない。発酵の気泡があちこちに起こる時がある。そんな時、どの気泡を掬い上げるかでストーリーは変化していく。この感覚はコンピュータではとても取捨選択出来るものではない。やはり生身の頭にアルコホルの滴を浸み込ませて生あるものなのだと思う。

読者の方は、どれが蒸留酒でどれが醸造酒かを嗅ぎつけてもらいたい。

最後に、こんなかたちの本を出すのははじめてだ。一冊が酒樽の中に入ったような感じがする。このような本が出版出来る出版社はおそらく日本には〝たる出版〟しかないだろう。

高山恵太郎氏の髭がわが頭髪の如く真っ白になるまで続けていただきたいものだ。

風

絵／成瀬國晴

風
好
織田作
好み
皮ジャン
めおとぜんざい
格好つけて
作之助
風
手を
差し伸べて
思かな女
美哉
風
骨
ちょっと
コワモテ
黒い皮のコートは
腕を通さないで着る
これが
カッコイイ
のだ
NAROSE

風儀
学生気分
下駄でホテルに入り履きかえさせられる
風船
もちろん阪神タイガースファン
こんふあんはふひもほぎひちです
風邪
鼻水が出ないようにつめたティッシュが奥に入り取り出せないうちに本番。

藤本義一 略年譜

1933

昭和8年

1月26日　大阪府堺市に生まれる。本名、義一（よしかず）。

2～3歳の頃の藤本義一氏

1945

昭和20年【12歳】

堺市立浜寺小学校卒業。私立浪速中学に入学後、少年飛行兵を目指して航空機搭乗員養成所に入るが、間もなく終戦。

1950

昭和25年【17歳】

新制浪速高校卒業、立命館大学法学部に入学するが、間もなく退学。

高校時代の義一氏

1951

昭和26年【18歳】

大阪府立浪速大学（現大阪府立大学）教育学部に入学。執筆活動を始める。

1953

昭和28年【20歳】

大阪府立大学経済学部に編入。

1957

昭和32年【24歳】

大学在学中に手がけた「つばくろの歌」で文化庁芸術祭参加、脚本賞受賞。

1958

昭和33年【25歳】

統紀子夫人と結婚。宝塚映画で脚本助手をつとめる。

統紀子夫人との新婚旅行の1カット

1959 昭和34年【26歳】
映画「貸間あり」で川島雄三監督の共同脚本を手がけ、以後川島に師事する。

1960 昭和35年【27歳】
長女誕生。

1963 昭和38年【30歳】
次女誕生。

1964 昭和39年【31歳】
宝塚映画を退社。

宝塚映画時代

1965 昭和40年【32歳】
日本テレビと読売テレビの共同製作により「11PM」スタート。番組が終了する平成2年（1990年）まで25年にわたり大阪制作時のキャスターをつとめる。

1968 昭和43年【35歳】
『残酷な童話』『ちりめんじゃこ』を三一書房より刊行。

1969 昭和44年【36歳】
『ちりめんじゃこ』が第61回直木賞候補となる。以後、第62回『マンハッタン・ブルース』、第65回『生きいそぎの記』も直木賞候補になる。

1971 昭和46年【38歳】
『女橋』を光文社より刊行。

家族で参拝

1974
昭和49年【41歳】
『生きいそぎの記』『鬼の詩』を講談社より刊行。
『鬼の詩』で第71回直木賞受賞。

直木賞の授賞式にて

1975
昭和50年【42歳】
「上方お笑い大賞」選考委員就任。『鬼の詩』が映画化。

1977
昭和52年【44歳】
『大いなる笑魂』文藝春秋より刊行。

1978
昭和53年【45歳】
漫才の若手作家と演者の勉強会「笑の会」村長に就任。
『ちんぴら・おれんじ』を時事通信社、『サイカクがやって来た』を新潮社より刊行。

1980
昭和55年【47歳】
日本放送作家協会関西支部長に就任。
『元禄流行作家　わが西鶴』を新潮社、『やさぐれ青春記』を旺文社文庫より刊行。

1981
昭和56年【48歳】
日本放送作家協会関西支部主催「ぶっちゃけトーク」開始。

1983
昭和58年【50歳】
『お嬢さん、上手な恋をしませんか』を講談社文庫より刊行。

1986
昭和61年【53歳】
『蛍の宿　わが織田作』を中央公論社より刊行。

1987
昭和62年【54歳】
『蛍の宿　わが織田作』で第7回日本文芸大賞受賞。
プロ作家を養成する「心斎橋大学」を開校、総長に就任。
『蛍の宴　わが織田作2』を中央公論社より刊行。

『11PM』のスタジオにて

1988
昭和63年【55歳】
『蛍の街　わが織田作3』を中央公論社より刊行。

1989
平成元年【56歳】
「堺自由都市文学賞」審査員に就任。
『蛍の死　わが織田作4』を中央公論社、『藤本義一の混虫図鑑』をたる出版より刊行。

1991
平成3年【58歳】
日本放送作家協会関西支部主催「関西ディレクター大賞」開始。

1992
平成4年【59歳】
『藤本義一の文章教室』をPHP研究所より刊行。

1995
平成7年【62歳】
阪神・淡路大震災で被災しながらも、避難所への訪問を行い、復旧に力を尽くす。
『掌の酒』をたる出版より刊行。

1996
平成8年【63歳】
大震災で被災した子どものケアハウス「浜風の家」呼びかけ人となり、建設準備会設立。

1998
平成10年【65歳】
『よみがえる商人道』を日刊工業出版社より刊行。

1999
平成11年【66歳】
社会福祉法人のぞみ会「浜風の家」が開館。理事長として活動。

2001
平成13年【68歳】
『ぼくんちのあんごう』をPHP研究所、『川島雄三、サヨナラだけが人生だ』を河出書房新社、『人生の自由時間』、『人生の賞味期限』を岩波書店より刊行。

2002
平成14年【69歳】
岸和田市文化財団理事長・岸和田市立浪切ホール芸術監督に就任。
火災で焼失した法善寺横町の復興のため街頭署名活動を行う。

2008
平成20年【75歳】
大阪府で財政再建のため移転が検討されたワッハ上方の存続を求め、約2万人分の署名を集める。
『歎異抄に学ぶ人生の知恵』をPHP文庫より刊行。

2011
平成23年【78歳】
『無条件幸福論』をベスト新書より刊行。

2012
平成24年【79歳】
前年より患っていた中皮腫により、10月30日逝去。享年79歳。

2014
平成26年
芦屋市奥池に「藤本義一記念館（藤本義一の書斎）」開館。

協力／横山秀一

在りし日の藤本義一

撮影／黒正 清 元関西テレビディレクター

「在阪テレビ局に勤務していたこともあり、
義一先生とは長く深いお付き合いをさせて頂きました。
ですからスナップ写真はウン万枚あります。
今回のグラビアはその中の極一部ですが、義一先生を中心とした
「たてまえの会」など、思い出多い一コマを選びました。
中でも今は亡き映画俳優の川地民夫さんの対談は懐かしいですね」

黒正清

あとがきにかえて

藤本統紀子

藤本が亡くなって10年近く経ち、今もって一番不思議に思うのはあれだけ多くの作品を書いたのに創作ノートが見つからないこと。一体どこにあるのだろう、妻として傍らにいて気づきもしなかった。ひょっとして頭の中にチップが埋まっていて、そこにすべて記憶されていたのではないかとよく考える。

ある年、栃木刑務所から年賀状が届いた。検閲を通ったことを証明するハンコが押されて朱肉で赤赤としているハガキにどきっとして

「なにかしら」と文面に目を落とすと

「私は真人間になるために服役しています。藤本先生も更生して1日も早く真人間になってくださいね」

としたためてあり藤本も苦笑していた。『ちりめんじゃこ』(一九六八年、三一書房・さんいち ぶっくす)を執筆するにあたり、藤本は実際に大阪府岸和田市のスリ集団を数カ月にわたって取材をし、その時に出会った人が服役中の刑務所から送ったものだった。藤本のことを〝作家だけれど何をしでかすか分からない存在〟だと感じたそうで、同士に宛てたようなその一文におかしみを覚えた。

痕跡といえばそのようなハガキくらい。原稿の文章は頭の中で完成され、一気に原稿用紙に書く。『11PM』（日本テレビ系・読売テレビ系）をはじめ、いくつもの番組を手掛けた構成作家でもあっただけに、頭の中で整理するのが得意だったのかなと思いを巡らせる。今になって藤本の物書きとしての新たな一面を知ることになった。

文章を書くことに対してたくさんのこだわりを持っていて、言葉に対してもそうであった。物書きの妻という理由で私にも執筆依頼が舞い込んでくる事が多かったが、よく藤本の指南方法は

「おれたちの事を書くとするだろう。〝私たちは結婚して50年が経った〞」

そのフレーズは藤本によれば

「〝私たちの50年〞それだけでいい。言葉にしなくても伝わるから」

というようなものだった。

難しい言葉を使わず、誰にでも分かりやすい、読みやすい文章をつくることを常に心がけていたと思う。その文章力には感心させられることが多く、特に漢字に対するこだわりは抜群だった。

「文字にこだわらずその字の持つ意味を鋭意な言葉に置きかえろ」

ただ晩年、出先のホテルから

「あの漢字はなんと書くんだった」

と藤本らしからぬ言葉に辛い思いをしたこともあった。

大学の演劇部の帰りに仲間が寄り道しようと藤本を誘っても、さっさと帰ってしまうことが多かった。なんでも毎日3枚の原稿用紙を仕上げるという努力を自分に課していたようだ
「今くらいのペースでかけなくなっても最低原稿用紙3枚は書ける」

と自信ありげに言っていた。テレビ局から来る原稿の依頼は締め切りが短く、一旦引き受けたものの間際で投げ出す人がよくいて、代わりにその仕事を男気で引き受けたりもしていたので自分の書きたいものを手掛ける余裕がなくなっていたことが残念でたまらない。

今頃は天国で思い切り書きたいものに向かっているのではないだろうか。そしてやはり創作ノートはチップの中に…。


（ふじもとときこ）

藤本義一夫人。シャンソン歌手、エッセイスト

＊差別的表現と受けとられかねない箇所も散見されますが、差別を助長する意図はなく、当時の時代的意味を持つ言葉であり､作品のオリジナリティを尊重して掲載いたします

関係者（敬称略）

●協賛　学校法人羽衣学園 理事長 松井基純／千房 中井政嗣
日本放送作家協会関西支部／心斎橋大学／東京作家大学
たる出版株式会社

●後援　堺市／大阪府立大学
ミナミまち育てネットワーク

●協力　成瀬 國晴　桂 福團治
浪速学院同窓会／堺市浜寺 諏訪森商店会

●審査員長　難波利三

●審査員　眉村卓　林千代　田中啓文　藤本芽子

第5回 藤本義一文学賞

二〇二〇年一月二十四日　初版発行

編　集――藤本義一文学賞事務局編
発行人――髙山惠太郎
発行所――たる出版株式会社
〒五四一―〇〇五八
大阪市中央区南久宝寺町四―五―十一―一〇〇二
〇六―六二四四―一三三六（代表）
〒一〇四―〇〇六一
東京都中央区銀座二―十四―五　三光ビル
〇三―三五四五―一一三五（代表）
E-mail contact@taru-pb.jp

印刷・製本――株式会社小田
デザイン・装丁――藤本芽子、右近こうじ
定　価――一、五〇〇円＋税

ISBN978-4-905277-28- 6 C0095 ￥1500E

藤本義一の書斎

～ Giichi Gallery ～

2014年春にオープンした藤本義一の書斎～GiichiGallery～では、再現された書斎、約1500冊の蔵書、書、絵画、思い出の品、記念品などを展示しております。

書斎の窓から愛犬のシェパードを冷やかす野良猫を見つめ、煙草を燻らせながら新しい小説のアイディアを練り、好きな本に囲まれ、うたた寝をする――

ダンディ、炎の人と形容される印象とは遠く、書斎では、ただただ穏やかに過ごしていました。

書斎の中でしか見ることができない、藤本義一の表情。その新たな一面に触れていただければと思います。

藤本義一の書斎 Giichi 芦屋奥池 Gallery

住所／兵庫県芦屋市奥池町 11-10
開廊日／土・日 ※12月は日のみ、1～3月は休館
時間／ 11～16時※12月は11～15時
入場料／無料
お問い合わせ／ TEL：090 - 8126 - 1933
(館長 中田)
ホームページ　http://giichigallery.net
※台風や大雨、路面凍結、積雪等の気象状況により休廊する場合があります。ご来館の前に上記問い合わせ先へご確認ください。

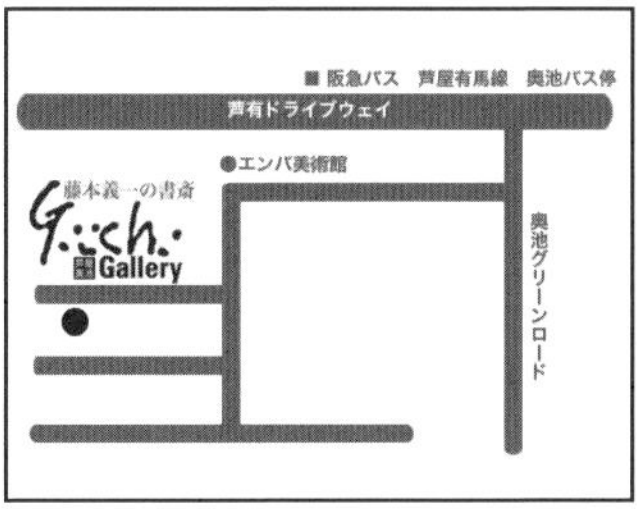

～車でお越しのお客様へ～
当ギャラリーには駐車場がございません。有料駐車場をご利用ください（徒歩約８分）。
～電車、バスをご利用のお客様へ～
阪急「芦屋川駅」、JR「芦屋駅」より、阪急バス 芦屋有馬線「有馬駅前経由山口営業所前」、または「芦屋ハイランド」行き乗車、「奥池」下車 徒歩５分

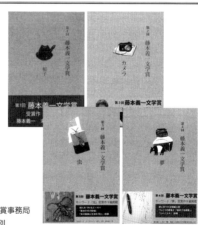

深々とねむる

深々と雪、ま。

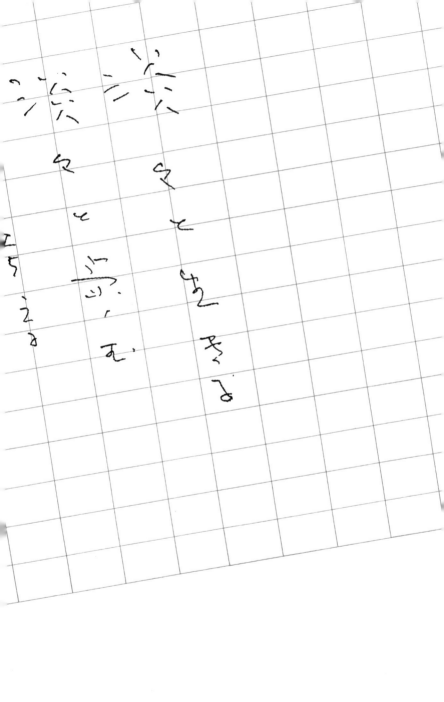